中公文庫

本阿弥行状記

中野孝次

中央公論新社

目次

本阿弥家系図

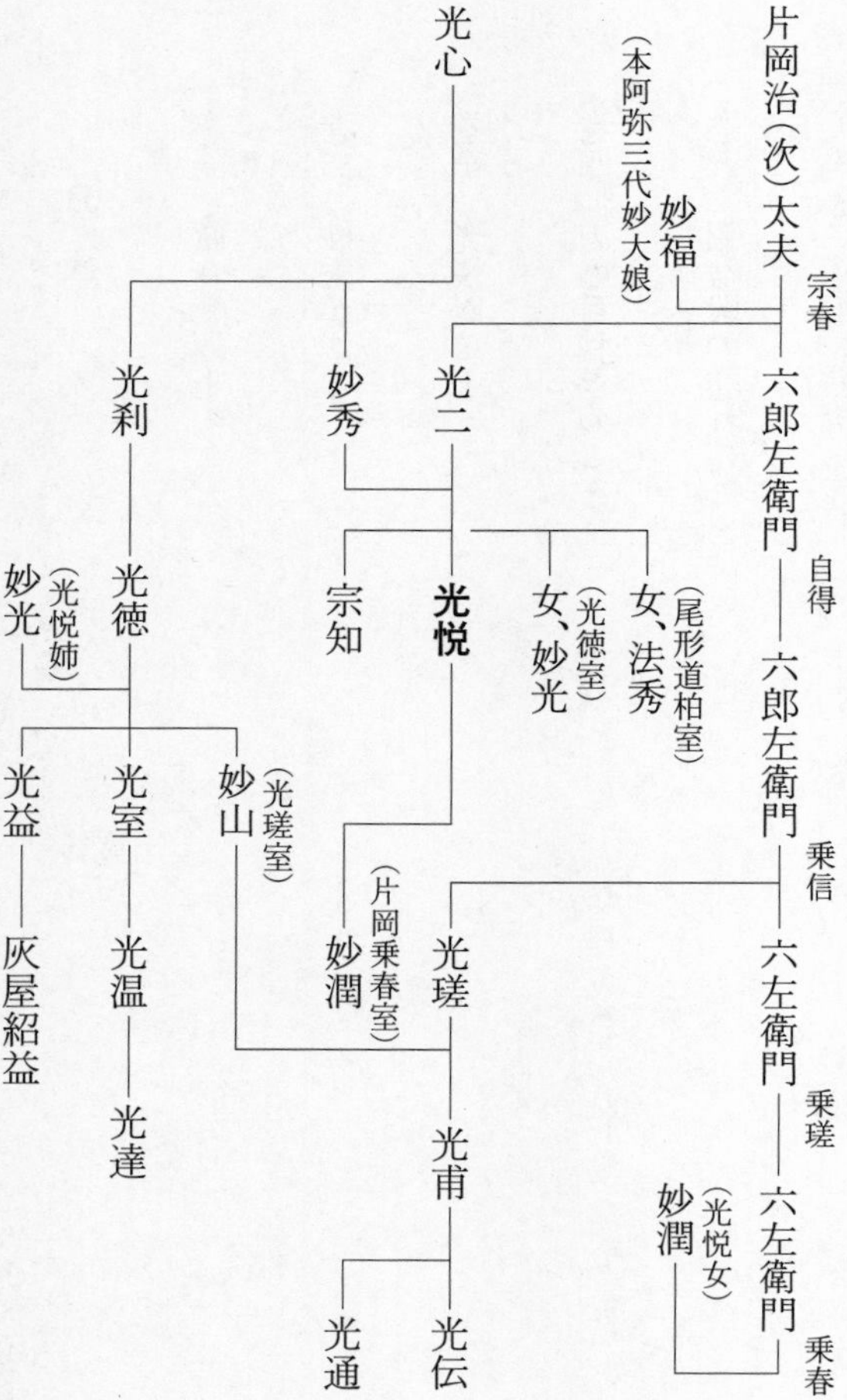
片岡治（次）太夫
宗春
妙福
（本阿弥三代妙大娘）
六郎左衛門
自得
六郎左衛門
乗信
六左衛門
乗瑳
六左衛門
乗春
妙潤
（光悦女）
光心
光二
妙秀
光利
女、法秀
（尾形道柏室）
女、妙光
（光徳室）
光悦
宗知
光徳
妙光
（光悦姉）
妙山
（光瑳室）
光室
光益
光瑳
妙潤
（片岡乗春室）
光温
灰屋紹益
光達
光甫
光伝
光通

本阿弥行状記

巻一　鷹ヶ峰返上のこと

一

わが祖父空中斎光甫《くうちゅうさいこうほ》はいつあれを思い立たれたのであったか。私は当時まだほんの小娘で祖父の心根を思いやるべくもなかったけれども、お話の筆記を命じられたときはいつもと違う祖父の気配にはっとさせられたものでありました。祖父はいま遺言を私に書かせようとしているとすぐにわかったからじゃ。だから祖父が口述し私が書き記しつづけたあの日々のことは媼《おうな》になったいまも忘れられませぬ。鷹《たか》ヶ峰《みね》不足谷《ふそくだに》の隠居所で来る日も来る日も、あるときは昔を思いだされてたのしげに、あるときは今を憂えて憤《いきどお》ろしげに一言一言ゆっくりと語られた祖父の口調が、いまなおこの耳に聞えるようである。

祖父光甫も父光伝《こうでん》もすでに亡いいま、鷹ヶ峰の当時のことを覚えている者は一族の中でもばばくらいのものになってしもうた。あのとき祖父が語られた物語が、書きあげられたのち「本阿弥《ほんあみ》行状記《ぎょうじょうき》」と祖父のふるえる手蹟で名付けられ、門外不出の秘本としてこの家に大事に伝えられていることは、そなたたちも存じておろうし、あるいはすでに読んだ者もあるやもしれませぬな。本阿弥の家に生れた者は男も女も、この家の風を知るためにもあれを一度はぜひ読んでもらいたいものじゃ。

が、言葉少なに記されたことどもを読んだだけでは、祖父光甫が伝えようとなされた本当の思いはあるいはわからぬかもしれぬ。時代も変り、そなたたちは鷹ヶ峰の地も知らぬゆえにな。ばばが此度《こたび》この話をすることを思い立ったのはそのためであります。私がまだ生きているうちに、祖父空中斎光甫がなぜあのときあれを書き残そうと思い立たれたのか、祖父が伝えたかったのはなんであったかを、当時のことを思いだしながら話しておこう、祖父の志を孫や曽孫《ひまご》に伝えるのが、私のつとめと思うた。年寄りの昔話で退屈でもありましょうが、これはこの家に関わる大事な言い伝えゆえ、我慢して聞いてくだされ。

ばばにはそのとき祖父光甫の心根を思いやることができなかったといま申したが、それでも祖父が当時容易ならぬ心労にとらわれていられることぐらいはむろん察していました。私はそのころ八十近かった祖父の身の回りの世話をしてさしあげよと親に命じられ、きょうだいの中でただひとり不足谷の隠居所に住まってお傍にかしずいていたゆえ、祖父のお気持のほどはすぐに伝わってくる。その原因が鷹ヶ峰の帰趨に関わることであるのもわかっておりました。

鷹ヶ峰の帰趨というは、そのころ鷹ヶ峰には容易ならぬ事態が出来《しゅったい》しようとしていたのです。

鷹ヶ峰は、そなたたちも存じていよう、先祖光悦《こうえつ》が権現様（家康）よりじきじきに拝領した地で、以来六十年あまりわが一族が心置きなく住居《すまい》して来たところであります。権現様の仰せで作り取り、すなわち年貢も納めず地子《じし》もとられぬところとされ、代々冥加を忝《かたじけ》なくして来たのでした。ところが権現様以来のその由緒ある土地の帰趣が、そのころ危うくなりだしていた。いかなる仔細によるのかは娘の私には知るべくもなかったが、その由緒ある土地ににわかに新しい検地が行われ、よそのところ並に年貢をかけられることになるという御沙汰があったのです。

噂によれば、お上《かみ》がそのような御沙汰を下されるについては、光悦町に住みついて新庄屋を称する者たちとの年来の訴訟沙汰がもとになっているという。なぜかわからぬが、私が生れ育ったころ、鷹ヶ峰の地にさような者たちが住みつき、本阿弥の支配を受けず、勝手に屋敷を構え牢人者を飼うなぞしていたのでした。争い事を好まぬ本阿弥が家の仕様《しよう》をよいことに気随気ままにふるまうその者たちと本阿弥のあいだには揉め事が絶えず、所の支配をめぐっての訴訟沙汰にまでなっていた。

今回のお上のとつぜんの御沙汰は、どうやらその片がつかぬ訴訟沙汰に一気にけりをつけようとしての御処置であると、私の耳にも聞えていた。新庄屋と名乗る者たちがお上に取り入って、自分たちの有利になるよう働いていたのであるらしい。お上の処置はいちいちむこうのためになるように進んでいた。

わが父光伝がそのことで夜も眠れぬくらい心を悩ませていることは私も存じていた。父は新検という御処置に不服を申し立て、権現様より拝領の次第を申して、訴訟にまで及んでいた。おとなしい父としてはよほどに思いあまってのことでありましたろう。

祖父はすでに隠居になって久しく、三十年前に家督を父に譲って以来家業も世事も父たちにまかせきって、御自身は茶の道に心を遊ばせ、気が向けば空中斎の作として世に知られた茶碗をつくろうかという、俗事にかかずらわぬ風流の日々を過していられる身であった。従って父光伝も町のおとなたちもなるべくさような訴訟沙汰だの、お上の御処置などの俗事をお耳に入れぬようにしていたのであったが、それでもむろん事の次第が聞えてこぬわけはなく、心を痛めておいでの御様子は私にも察せられた。何も仰せられなかったが、鷹ヶ峰の行末《ゆくすえ》について案じていられるのが、痛々しくてならなんだ。祖父こそはこの鷹ヶ峰で生涯を過された方であり、祖父の一生は鷹ヶ峰とともにあったのだから当然であろう。

思いあぐねて祖父光甫がなされた唯一のことは、当時遠い関東は下総中山の正中山法華経寺にて住職をなされていた実の弟の日允上人《にちいんしょうにん》に手紙を書かれたことであった。

実の弟と申しても日允上人は、玄通と名乗られていた八歳の幼さで剃髪し仏門に入られた方で、歳も祖父とは十八年と離れており、一族の一人とはいえいわば別世界の人であります。その方の袖にお縋りせねばならぬとは、祖父にしてもよくよく思いあまってのことであったに違いありませぬ。日允上人は高僧の聞えも高く、また日蓮宗総本山の住職でもあったゆえ、江戸表でのとりなしのできるのはこのお方をおいてほかにはなかったのであろうがの。

なぜそのようなことまで私が知っているかといえば、そのとき祖父光甫に代って手紙を認めたのは、この私だったからです。私は祖父の身の回りの世話をするかたわら、じきじきに茶の道を習い、習字を教えられておりました。名筆の誉れ高い祖父から字の筋がよいとほめていただいたただ一人の孫であった。これは決して自慢して申すのではありませぬ。私は手筋がよいなどといえたものではなく、書く字もいわゆる男字で、はたからは女らしくないとたしなめられていたのでありましたが、祖父はそのどこが気に入ったのか、そなたは器用とは言えぬが、心をこめてのびのびと書くところがよい、手本どおりにきれいに書こうとするなど無用のことじゃと、そのような奇妙な言いようでほめられたのであった。

当時祖父光甫は七十八歳の高齢にて、手もふるえ気味なら目もだいぶ悪くなっていられ、細字は読むことも書くことも叶わなかった。ゆえに日允上人への手紙も、祖父が口述するまま私が代筆してさしあげ、自然と中身を知ることになったのでありました。上人様からの手紙も私が読んでさしあげていた。

日允上人は、出家なされてもさすが一族のお方で、このことをよほど一大事と考えなされたのであろう、江戸にて寺社奉行衆におとりなしを願われるなど、御身分の許すかぎり本阿弥のために奔走なされてくださったようであった。そのことを手紙で読んで知るたびに、ありがたいことじゃと、祖父は手を合わせておいでであった。

その日允上人が訴訟沙汰の手助けのため、ついにははるばる下総から上京なされ、鷹ヶ峰においでになった日のことを、私はきのうのことのようによく覚えております。あれは私にとっても忘れられぬ日でありましたからの。

日允上人が上京なされるとわかった日から、鷹ヶ峰の光悦町では、いったいどんな吉報を持って来られることかと、みなみな一日千秋の思いで待ち侘びておりました。無理もない、京での訴訟沙汰はこじれにこじれ、もはや父光伝の力ではどうにもならぬ事態に陥っていることは、誰の目にも明らかであったからです。

きょう到着の予定というその日、父光伝は迎えの者を近江路までさし出し、その一人から一足先に知らせがとどくと、一族の重立った者をひきつれ正装して鷹ヶ峰の麓までお迎えにあがった。祖父は隠居の身を遠慮して迎えに出ず、代りに私が様子伺いに出された。

延宝六年秋の、よく晴れた紅葉の照り輝くように美しい日であった。近くの山々もくっきりと映え、遠く比叡の山も頂から麓にいたるまで青く空に浮んでいた。鷹ヶ峰に通じる道はよく乾いて人影もなかった。一同お待ち申していると、やがて向うに墨染の衣に旅笠をかぶった坊さまを中心に三、四人の一団が現れ、あれは上人様の先触れでもあるかと思っていると、なんとその粗末な恰好の坊さまこそが日允上人とわかった。日蓮宗総本山のお上人とあれば、さぞや金襴の袈裟をまとい供回りの者も大勢ひきつれて、駕籠に乗ってお出でであろうとなんとなく思っていただけに、そのあまりに飾りのない御様子に私はびっくりし、心を揺さぶられました。

驚きは迎えに出たおとなたちも同じであるようでした。私はあのときのおとなたちのあげたざわめきをいまも覚えている。ただ父光伝だけは、日允上人様とはそういうお方と心得ていたのか、驚く様子もなく前に出て丁寧に挨拶し、遠路はるばるの上京を感謝し、道中の労苦をいたわられた。

背の高い、すらりと痩せた方でありました。顎ひげこそ白くなっていられるが、顔は道中の陽に灼けて、背筋をまっすぐに立たれているところはとても六十の坂を越えたお方とは見えなかった。あるかないかの微笑を浮べていられる眼は慈悲をたたえて優しく、なんともいえぬ気品があった。私はおとなたちのかげからそのお顔を見つめ、ああ、このお方ならば鷹ヶ峰にふりかかった災厄も解決し、祖父や父の心労を片付けてくださるだろうと、ただ伏し拝むだけでした。

　上人様の一行が到着したのが未《ひつじ》の下刻（午後三時）で、それから遅い昼の斎《とき》を差しあげ一休みしていただいて、上人が祖父光甫の待ちうける茶室大虚庵にお見えになったのは、午後もかなりおそくなってからでありました。祖父が日允上人のわざわざの上京をよほどに有難いことと思っているのは、手厚く上人に礼を申されるその様子からもわかった。上人も久しぶりに会われる兄がお懐しいか、それはそれは祖父の達者なことをよろこんでいられた。

　私は片隅からそういう二人を見ていて、さすがに血は争えぬもの、お歳の差こそあれ顔立ちのなんと似ていられることよ、十八年前は祖父光甫もこのようであったろうかと、急にお上人様を親しいものに感じたものでした。

　それから祖父がお点前をさしあげた。祖父の茶はその祖父光悦直伝のもので、そのころ今の世に茶の道を本当に心得ている者は空中斎光甫くらいのものかと言われていたほどであった。釜の音がかすかに聞えるだけの静かな茶室の中で祖父が水の流れるような自然な手さばきで茶を点てるのを、このひとときを味わうために自分ははるばる鷹ヶ峰に来たのであるというかのように、日允上人は半眼を瞑ってうやうやしく見つめていられた。あんなおごそかな気がしたことはありませぬ。

大虚庵はその昔、時の関白秀次公が利休居士をお供にして鷹ヶ峰へ遠出をなされたとき、あたりの景色のあまりのみごとさに、「日本無双の地よ」と仰せられたので、利休居士が竹の柱をたてて俄《にわか》作りの茶室をしつらえ、来られるたびにここで茶を召上られたという由緒がある。鷹ヶ峰を拝領したとき光悦はその伝説にちなんでそのところに茶室をつくり、大虚庵と名付けた。大虚庵とは光悦の別号であります。

そのうえその日祖父光甫が庵に掛けたのは、宗達が描いた紅葉の上に光悦がみずから古歌を書いた色紙で、茶碗も光悦作の赤楽茶碗であった。この庵の、またこの鷹ヶ峰の地の縁起を偲ぼうという趣向でございましたろう。

茶を喫し終ると祖父はあらためて会釈をし、静かな口調で、

「遠路はるばるまことに大儀でありました。したが、書状に認めたとおり、なにぶんもはやそなたに頼み入るしか手だてがありませんでしたのでの。御苦労ではあるがよ

ろしゅうお願いいたしまする」

と頭を下げて丁寧に頼まれた。それにたいし日允上人も落着いた静かな声で、

「世俗のことはなるようにしかなりませぬ。私にできるかぎりのことはいたすつもりにて参りましたが、いかようの結果になりましょうとも、所詮は世俗のこと、深くはお心をわずらわせられぬよう」

と簡単にお気持のほどを語られただけであった。細かい話は一切なされなかった。

そして実にお二人が、鷹ヶ峰がどうなるかもわからぬかもしれぬというこの大事にあたって話されたのは、わずかその茶室での短いやりとりだけだったのです。ほかには何一つ申されなかった。公事《くじ》などというものはなるようにしかならぬ、それよりも久しぶりに会えたこの折をたのしもうではないかというように、それからお二人が和気藹々《あいあい》と、ときに笑い声さえたてながら気持よさそうに話されたことは、もっぱら茶とか書とかの風流韻事についてばかりでありました。日允上人も祖父同様光悦流の書の名手として名高いお方であったゆえ、祖父光甫とはよほど話がお合いのようであった。

日允上人は面白そうに笑い声をたてられてから、自分なぞのところにも光悦の孫と

いうことでときどき書の鑑定を頼みに参る方があって迷惑いたしますると、先日も実はこんなことがありましたと逸話を話された。

「さる身分の高い方がおんみずから持参なされたのが光悦の『木蓮下絵滕王閣《とうおうかく》賦《ふ》巻《かん》』でございました。一目見て祖父の筆蹟に間違いないと見ましたゆえ、これは疑いもないものでありますと申しあげましたところ、それだけでは安心がならぬ、ぜひ真筆であると鑑定書を書いてくれとたっての願いでございましてな、往生いたしました。そこで仕方なく、

『此ノ一巻ハ、祖父大虚庵光悦ノ真蹟タルコト、敢《アエ》テ疑蒙《ギモウ》ナシ。証判ニ及バズト雖《イエド》モ、懇望ニ依リ毫《フデ》ヲ染ムル耳《ノミ》。

鷹峯隠士　日允』

と鑑定書を書いてさしあげたことでございます。『証判ニ及バズト雖《イエド》モ、懇望ニ依リ毫《フデ》ヲ染ムル耳《ノミ》』と、これが私の精一杯の皮肉でございましたが、通じましたかどうか。兄上も御存じでございましょうが、近頃は御自分の目よりもこういう鑑定書や切紙を信じる方が多いので困ります。それというのもいまの世には、書も茶碗も持ってたのしむためではなく、ただ財産としてお持ちになる方が多いせいでございましょう

かな」

日允上人が、いまは空中斎とのひさびさの対面をたのしむことこそが大事というように、そんな話をなさると、祖父光甫も歯の抜けた口を開けて笑い、書や茶碗ばかりではない、いまや武士の所持する刀・脇指でも同じことでありますと、本阿弥の本業たる刀剣の目利きについて同じような話をされた。

祖父があのように心からたのしげな笑い声をあげたのは久しぶりであったゆえ、そのときのお二人の様子はよく覚えております。一人は茶の道、一人は仏道と、それぞれの道は違っていても、この二人はともに世俗の雑事から遠いところに心を遊ばせている人たちなのだと、傍で聞いていて私も気持よく、こんな方を最も生臭い訴訟のわずらいにまきこむのは申しわけないような気がしたことであった。

大虚庵を出られるとき日允上人は、お履物をそろえる私に目をとめられ、

「あの男のような字で空中斎殿の代筆をなされているのは、そなたですかな。なかなか、よい字でありまするぞ」

とからかうように申されたので、私は真っ赤になってよう顔もあげ得なんだ。

三

しかし鷹ヶ峰の土地についての訴訟のほうは、決してそのような風流韻事ではすまされなんだ。土地所有をめぐる争い事は公事の中でも最も厄介な争いであって、こちらが理を申し立てれば先方はそれに反論し、双方の言い分は泥沼のようにあがきのつかぬものになるのが常と聞く。さればこそ奉行所は恐ろしく荒っぽい新検という沙汰で一挙に事の決着をつけようとなされたのであろう。

日允上人は訴訟がにっちもさっちも行かなくなっていた時に、江戸の寺社奉行衆が申されたことをこちらの奉行所に伝えにやって来られたのであった。俗界離れた高貴な御身分にてかような生臭い争い事の場に出られるのはさぞお心苦しかったであろうが、一族の危急の時とあってはいたし方なかった。

日允上人は江戸の寺社奉行衆より、本阿弥の鷹ヶ峰支配のことは権現様お墨付《すみつき》もあることゆえ従来通りにいたして差支えないとの保証を得ておいでなのであった。さもなければ寺院の重責ある身で上人がわざわざ上京なされることはなかったであろう。

この折に日允上人が奉行所で申されたことについては、いまもわが家に証文が残っている。興があったらあとでのぞいて見なされ。かいつまんで申せば、日允上人が奉行所で申し立てられたのはかようなことであった。

一　江戸の寺社奉行所において仰せ渡されたことを申しあげれば、光伝の光悦町支配をさしとめることについては、公儀よりさよう仰せ付けられたことなく、従って停止《ちょうじ》はいらざる遠慮である、ただいままでのとおり光伝が支配するがよいと、かように日允に仰せ渡されたのであります。

一　日允が江戸より罷《まか》り上って光伝らより承りましたところ、光悦町在所の内に庄兵衛と申す者あり、この者かねてより五味《ごみ》藤九郎殿方へお出入りいたし、自分がなにゆえこの所に居住するにいたったかの仔細は藤九郎殿によく申しあげてあると申し立て、みずから新庄屋を名乗り、町中へたびたび税金その他の難儀をかけている由にございます。殊にも藤九郎殿御死去ののちは、この庄屋いよいよ心のままに勝手を仕《つかまつ》っておるとのことゆえ、日允がかくは御前に祗候《しこう》して、江戸にてうかがったことを申しあげるのであります。光悦町支配は従来通りにいたせとの寺社奉行の仰せにつき、もし拙僧の申し条にては心もとなしと思しめされるのであれば、なにとぞ江戸表へお尋ねあってたしかめられ、その上にてあらためて光伝支配を仰せつけ下されたい。

日允がさように申しあげたところ、奉行衆が申されるには、その儀当方とて相違これありと存ずる次第ではないが、なにぶん御前へはまだ何方《いずかた》よりもなんとも申して来ておらぬことである。それは日允まで言って来ていることにて、それだけでは百姓どもにきっと仰せつけられることはなし難い。しかしながらいまだ新検を仰せつけられたわけではこれなく、委細についてはよく調べた上仰せ渡されるであろう。寺社奉行がさように仰せられたのであれば、まずはそれまでいままでどおりに仕っているがよい。と、さように日允へ仰せ渡されたのであった。

この証文を見ただけでも、日允上人が奉行所にて正々堂々と事のわけを申したてられたさま、京の奉行衆が寺社奉行じきじきの保証に辟易しているさまが、目のあたり見えるようではありませぬか。寺社奉行がさように申されたのであれば、まずはそれまではいままでどおりにいたすがよい、との仰せ渡しをうけたまわったときは、日允上人もさぞやほっとなされ、これでわざわざ京まで来た甲斐があったと御安心なされたに違いない。

奉行所より戻られると早速日允上人は、首尾はいかがと待ちうけていた光伝やおとなたちの前で右の次第を語られ、所の者たちも安堵の息をついたのでありました。上人はそのあと祖父光甫の待ちうける大虚庵に参られて、祖父の点前の茶を喫せられながら、

「どうやら江戸の寺社奉行衆の申し条を聞き入れたように見うけました。公事のことゆえ先行きまたどう変るかも存じませんが、まずは私の役目は果しました」

簡単にそう報告なされたのであった。

すると祖父もただ、

「忝《かたじけ》ないことであります。大儀でございました」

とそれだけ申され、心のうちのほどは日允上人に向って合掌することで示されたのであった。

こうして日允上人は、上京なされた目的を果されると早々にまた下総へ帰られたのでしたが、ことはそれで片付いたのではなかった。役人衆というものは、自分たちの

縄張りのことでよそより口出しされるのを、何よりも嫌うものであります。日允上人には一応そのように答えておいたものの、新検を実施するという京方の方針は少しも変らなんだ。むしろ日允上人が寺社奉行の仰せを伝えに来られたことで、かえって態度を硬くし、いらぬ手立てをいたすなと頑なになったのかもしれなかった。あとの成行きからしてもそのように察せられまする。

　私は娘心にただ、これでわが町の暗雲も晴れるであろうと、日允上人のお言葉を聞いてよろこんでおりましたが、上人が下総へ帰られたあとも父はたびたび奉行所に呼び出され、そのたびに思いつめた暗い顔付きで戻られるのを見ると、私の心までがかげったものでした。やはり訴訟はうまくは運んでいなかったのです。私がこれらのことどもをくわしく知ったのは、あとになって当時の証文を目にしてからでしたが、それを読むと当時の父の心労のほどがあらためてわかり、父がおいたわしくてならなかったものでした。所に住みついて新庄屋を勝手に名乗る庄兵衛は、五味藤九郎なるお人を通じてよほどに役所に食い入っていたものと見える。公事の沙汰はもっぱら庄兵衛方に有利に下り、光伝の申し条はことごとく斥けられて、光伝の光悦町支配はあやしくなったのです。そしてついに当初の予定どおり新検実施の沙汰が下りました。

新検の沙汰が下ったとき、光伝が奉行所にて申しあげた言葉が、やはり文書に認められて今に残っております。これを読むとそのときの父光伝の、いや光悦町の者たちみなの、悲憤と申すしかない胸の内が、あらためて思いだされてなりませぬ。光悦町に住む者は穏やかな人たちであったから、罵りの声こそあげませんでしたが、胸の内はだれも煮えくり返るようであるのがわかります。いまこれを読んでも私の胸の内は煮え返ってくるようです。

一　光悦町（鷹ヶ峰）の地に一昨年御新検あって、新検の高は百七十六石八斗一升と定められました。この地は権現様より拝領して以来六十年あまり、町中作り取りの定めでありましたところ、このたび法度が改められ大分の年貢を差上げねばならなくなったこと、所の者にとって甚だ迷惑に存じ奉ります。しかしながらお上の御用と承るうえはいたし方なく、冥加のために御年貢をさし上げて然るべきことと存じまするゆえ、私儀、ついに年貢お断りの訴訟は仕りませぬ。右、このとおり申しあげます。

上の下された沙汰にたいし「所の者にとって甚だ迷惑」とこれだけのことをあえて申しあげたのは、よくよくのことであった。光伝がよほどに覚悟を定め、場合によっては仕置きをさえ甘んじて受けるつもりで、腹をくくって恨みを申しあげたことがわかります。上のなされようによくせき理不尽があったのであります。

ともあれかくて一族の者の奔走の甲斐もなく、権現様より拝領の地をついに返上することと決ったのでした。歎いたとてどうしようもないことでした。

新検実施までにいたるこれまでの上の処置が、すべて庄兵衛方に有利にとりはかられたことが、光悦町の者の最も恨みとするところであったのは、父光伝が奉行所で申された言葉のはしばしからもうかがえましょう。

一　光悦町御新検の高百七十六石八斗一升のうち、新庄屋庄兵衛一味の者どもは高拾九石あまりにて、この者ども人数二十三人は御新検を望み、私の支配を請けつけませぬ。残り百五十六石の人数は古検のままを願っておりまする。

一　新庄屋庄兵衛が勝手の才覚にて、町中へ知らせもせずたびたび屋敷の売買をいたし、また借家をいたしたりしております。その中には牢人と見える者などもこれあり、なんとも見定め難いことであります。鷹ヶ峰は辺土にて、悪人どもが入ればきわめて見やすい所ゆえ、私共は日頃は堅《かた》く吟味して参りましたなれど、今は新庄屋などが別に構えておるため僉儀《せんぎ》も叶い申さず、もし悪事などが出来《しゅったい》いたしましたならば、惣中《そうちゅう》の誤ちにもなることかと、右二十三人の外の者どもは迷惑に存じ、御所にもたびたび御訴訟にまかり出でている次第であります。もちろん私方へもたびたび参り、右の趣を申してくるのでありまするが、右の次第ゆえ新庄屋たちへは支配を仕ってはおりませぬ。

これを見てもこの新検がもっぱら新庄屋側のためのものであったことがわかるでありましょう。さきにも申したとおり庄兵衛らはいつのころからか光悦町のはずれに勝手に居ついた者たちであって、本阿弥の支配に従わず、次第次第に所にはばかりだしたのであった。光伝の文言にも牢人などを構いとあるが、さような気味の悪い者どもまでが所に徘徊するようになっており、私たち娘らはよくよく用心するよう親たちに申し聞かされておりました。

光悦町に住む者はそもそもの初めより本阿弥の家の者か親しい間柄の者ばかりにて、

みな法華宗の信者で穏和な者たちであったゆえ、それをよいことに庄兵衛のような者たちに所を侵されたのでありました。しかも勝手に住みついた者たちは、こちらが穏やかに話し合うのをいいことに、あるいはそしり、あるいは悪口を言いたて、乱暴な衆をたのんでわがもの顔にふるまいだしていたのです。そのことも父光伝の奉行所への申し立ての中にちゃんとのっておりまする。

一　庄兵衛らが私を悪しざまに申しあげておりまする件につき、これは自分からは申し開きいたしがたいことでありまするゆえ、なにとぞ光悦町の全住民を召し出され、私の三十一年間支配仕りおりましたうちのこと、つぶさにお尋ね下されば有難く存じます。

一　私は病者にてありますれば、支配の望みは少しも御座いませぬ。さりながら光悦寺は数代相続いたして参ったものにてありますれば、これのみは光悦筋目の者に相伝わるよう願い奉ります。

私はこの文書を読むたびに、当時の父の心労のさまを思いだし、父が気の毒でなりませぬ。父は病者と申しているが、病みがちになったは他のことのゆえではない、ひとえにこの庄兵衛一統との泥沼のような訴訟沙汰の心労のためであります。「支配の望みは少しも御座いませぬ」とは、いかにも気の弱りが感ぜられ、このときはすでに鷹ヶ峰の地を返上するつもりになっていられたかと思われるが、しかし支配の欲がないということならば、わが父光伝とはまさにそのような無欲な人でありました。追い追いこのことは語って聞かせようけれど、欲深こそは本阿弥の家の最もいましめるところであったのです。

以上の文言は「十月十二日」と記され、貼紙に「是迄は丹波殿への口上書」とあるから、奉行丹波殿への申し開き条でありましょう。それにつづけて別に「水野彦右衛門様あて」として、次のような書面が残っております。これもそなたたちの先祖光伝の心根を知るためにあとで見ておきなされ。水野様は本阿弥の家の者に好意を持っておられたお方の一人であったにちがいありませぬ。

一　板倉周防守殿の御折紙の空しくならず、光悦拝領の記も徒《あだ》にならざるよう、一類の者どもに代って願い申します。家来筋の百姓を相手に所を立ちのくとはまことに外聞を失することでもありますれば、このさい捨ておき難く申しあげる次第で御座います。

私儀、憚りながら御奉公と存じ、三十一年間所の支配仕り、お触れを申しつけてまいりました。この間、町中（鷹ヶ峰光悦町）の者どもへただの一度にても私が非道を申しかけたことがあったか、または一度にても怒ったことがあったか、在所の者どもへ不便を加えたことがあったか、なにとぞ在所の者どもの口よりじかにお聞き届けくだされたいのであります。前々より私儀さよう願っておりましたが、御用繁多と存じ、これまで申しあげかねていたのでありました。

三十一年支配のあとでこれだけの広言が言えること一つをとってみても、わが父光伝がいかなる人であったか察しがつくでありましょう。まさに父光伝は、わが父のことをほめるのは憚りあることながらもっぱら慈悲を心がけられた人にて、一度にても声をあららげたことなく、怒りを発したことなく、公儀の勤めを律儀に果し、決して私利私欲をはかる人ではありませなんだ。そのような人ゆえに庄兵衛のような欲深者にしてやられ、はては鷹ヶ峰を返上するような次第になったのじゃ。が、このことについては天地神明にかけてわが方に恥ずかしいことは一つもありませぬ。

このロ上書に板倉周防守殿の御折紙とあるのは、鷹ヶ峰が光悦拝領の地であることを記した文書のことであります。光悦は板倉氏とは、初代京都所司代伊賀守殿、二代目周防守殿ともにきわめて昵懇《じっこん》にしていただいていたのでありました。板倉伊賀守勝重殿は寛容にして廉直なお人柄を権現様に買われて初代京都所司代に任ぜられた方で、当時京都はまだ豊臣方の勢力つよく政事ははなはだ難しかったが、伊賀守殿の治政二十年間は裁決流るるがごとく、円満で公正な裁きが行われ、不平を申す者がなかったとうかがっている。光悦が権現様より鷹ヶ峰を拝領したとき、あいだに立って口利きをなされたのはこのお方でした。

周防守重宗殿はそのお子で元和六年お父上のあとを継いで二代目所司代に任ぜられた方にて、光悦より二十八歳年下のほとんど光悦の子の代と申してよいお若さゆえ、光悦を父のように慕い、何事につけても光悦に相談なされたものであったと、祖父は申しておりました。周防守殿も名所司代の誉れ高く、裁きは公正であわれみ深かったため、この方の在任三十余年のあいだは町に公事への怨嗟の声を聞くことがなかったと聞いております。

周防守殿はそのお子阿波守殿と光悦を死の床にたびたびお見舞いなされたが、あるとき阿波守殿への遺言をたのまれると、光悦は思うところを率直に申しあげたものである、と祖父は申していた。そのおり御自身への遺言もお頼みなされると、光悦は、周防守殿の治政のあいだついに一度も公事場にてお怒りの声を聞くことがなかったことをあげて、公事訴訟人へのあわれみの深いことをほめられたとのことでした。

この一事をもってしても周防守殿がいかに光悦を厚く重んじられていたかがわかろうというものですが、光悦は周防守殿に茶のお手本を書いてさしあげたり、茶の道を教えられたりし、その御交際は万般に及んでおりました。その周防守殿が寛永六年、幕府の儒者林羅山殿が京都に来られたとき、羅山を案内して鷹ヶ峰に遊び、そのあくる年羅山殿が書かれたのが、口上書にある「光悦拝領の記」のことであります。この碑はいまも鷹ヶ峰に立っていようゆえ、いつか京にまいる折があったらぜひ見ておかれるがよい。

羅山殿は縷々《るる》数百言を費して鷹ヶ峰の景勝の地であることを賞めたたえたうえで、こう記されております。

「此レスナハチ鷹ヶ峰ノ境地ナリ。境ニヨッテ以テ人ヲ思フニ、光悦叟《そう》ハ蓋《けだ》シ其ノ人力。叟カッテ数百弓ノ地ヲ占メ、以テ小宇ヲ此ニ構へ、自ラ大虚庵ト号ス」

この大虚庵こそ、日允上人が上京なされたときわが祖父が茶を点てて進ぜたところです。わが父光伝はそれらのことどもを思いだされて、「周防守殿の御折紙の空しくならず、光悦拝領の記も徒にならざるよう」と、祈りをこめて水野殿に申しあげたのであった。

が、時移り人替って、日允上人のお働きにもかかわらず、わが父の必死の弁明にもかかわらず、お上は昔の言い伝えも折紙も重んじられずに新検を行われ、本阿弥は鷹ヶ峰を退くことになってしまうたのです。

四

さて、きのう話したように、このような次第で本阿弥は鷹ヶ峰を返上申しあげることになったのでありますが、これはもはや過ぎたこと、いまから申しても詮なく、私はただことの次第を明らかにしておくため話しました。

本阿弥が鷹ヶ峰を返上申しあげたのは延宝七年、光悦がこの地を権現様より拝領して以来六十四年目のことでした。本阿弥の申し条は通りませんでした。権現様のお墨付も空しくなったのです。

一族の者たちがこのことでどのような打撃を受けたか、申すまでもありますまい。長年これぞわれらが墳墓の地と思い定めて来た所、先祖の建てた寺もあれば、光悦ゆかりの大虚庵もあるそのなれ親しんだ地を、もとはといえば所に不法に住みついた者たちのために逆に自分たちが追われて出てゆくのです。その口惜しさ、情なさは、筆にも口にもつくせぬほどでありました。そしてこの思いが、祖父光甫をして『本阿弥行状記』を記すことを思い立たせる動機になったと思われるのです。われらが所を立ち退くことになったその前の年の秋、もはや一族の嘆願も空しく、返上せざるをえない様子になっていたときのことでありました。ある日私は祖父光甫からふいにあらたまって、

「そなたにこれからわしが申すことを、一言一句そのまま書きとめてもらいたい。これはよほど大事なことじゃによって、しっかりと書きとどめるよう」

と申しわたされたのでした。

私は突然のことにてなんのことかさっぱりわからずぽかんとしておりましたが、祖

父の口調からそれが容易ならぬ申しつけであるとわかったので、かしこまって「はい」とお答え申しあげた。

　そのころ祖父光甫は、一族の者が軒をつらねて住む通りから離れ、光悦寺より二町ばかりへだてた奥の不足谷というところに、小さな草の庵を結んで住んでおりました。屏風を立てたように三十丈あまりのきり立った岩があるところで、その下に一丈あまり落ちる滝がある。岸には、春には山吹が咲き、岩間のつつじがあでやかな花をつけ、秋には紅葉が淵に浮ぶ、それは静かなよいところでありました。

　祖父はその庵に、みずから刻んだ上行菩薩の木像を安置して朝夕に経をとなえ、世を捨てた人のように静かに暮していたのでしたが、瞑目してその菩薩様に手を合わされたのち、ぴんと背筋を立ててあらたまって私に話し始められました。私はその容易ならぬ気配に「はい」とお答えし、私も姿勢を正して机に向った。祖父は滝の音に耳をすますかのようにしばらく目を瞑っていられたが、それから力強い声で一気にこう申された。

「光悦に御屋敷を被下《くだされ》候《そうろう》事《こと》は、其故《そのゆえ》なきにしもあらず」

　私はその烈しい物の申されように思わずどきっとした。それをそのまま書き写しながら、日頃寡黙な祖父の心の中にたまっていた思いが、いや、祖父一人ではない、この地に住む者みなの思いが、凝ってこの言葉と化したように感じました。まるで目には見えぬ為政者が目の前にいて、そのお方の理不尽ななされようにたいし、それは間違っておりますぞと怒りの声をあげているようであると私には聞えたのです。そうかお祖父様は日頃この言葉を心に刻まれていたのであったかと、私は心のふるえるのを覚えながら、一語一語句切って申されることをしっかりと書きとめていった。

そのとき祖父光甫が書きとらせたのは、まずこういうことでありました。

一　権現様が光悦に鷹ヶ峰の地を賜わったについては深い仔細のあることにて、故なく下されたわけではない。

そもそもは光悦の父光二と申す者の代にまで遡ることにて、この光二は刀・脇指の目利きと細工にかけては当時並ぶ者とてない名人であったゆえ、諸国の大名衆もこぞってその国々へ召しよせられ、国中の刀・脇指を見てもらおうと望んだものであった。光二が駿河国今川殿の御許に参って久しく滞留したのもそのためである。

そのころ権現様はまだ御幼少の御身にて竹千代君と申しあげ、人質として駿河国にとどめおかれていたころであったが、光二が今川殿に参って細工を始めると、その仕事のしようによほど興を覚えられた御様子であって、光二が仕事をしているときにはいつも傍らにあって熱心に御覧遊ばされていたものである。いつもあまりに興深げに御覧になっているゆえ、光二は御所持の小刀を研いでさしあげもし、竹千代君の方も御膳を召しあがられるときは必ず光二に御相伴を仰せつけられるほどであった。

さて竹千代君御元服の祝いのためであったかと思われる。あるとき義元公は竹千代君に御脇指を作ってさしあげようと思い立たれ、光二にそのための木型を削るようお命じになった。木型が出来るとそれをもとに島田国彦に命じて脇指を二腰打たせられ、そのうちよく出来た方を光二が脇指に仕立て、鞘《さや》・柄《つか》などもふさわしく立派に拵えて、それを義元公が竹千代君に祝いとして進められたのであった。義元公はさらに二腰のうち残る一腰を光二に賜わったので、光二は拝領してそれを守り刀とした。これがすなわち、以来本阿弥が家で五代、光二、光悦、光瑳、われら光甫、せがれ光伝まで、わが家にて守り刀としているものである。

一息にそこまで話されたことを夢中で書き写しながら、私は祖父の気持がそのままわが思いとなるような気がいたしました。祖父がなぜいまこのときにこのような遠い昔のことを思いだし、それを書きとめておこうとなされたかのわけが痛いほどよくわかりました。

訴訟は敗けるかもしれぬ、こちらの申し条は聞き入れられぬかもしれぬ。ならばそれはそれで致し方ない。ことは俗世の政事《まつりごと》に関わるものであり、政事は理をもって通るものではない。だが、だからと言って当方の申し分が誤っているわけではありませぬぞ。われらにはしっかとしたわけがある。そのことを自分は、わが知るかぎりここに、訴訟のためではない、のちの世のわれらが子孫のために、書き記しておこうと思う。日本国中の神々も御照覧あれ、われら一族に言い伝えられたことどもは拙者がこれより申すことに間違いはありませぬ。

そのような思いに駆られてわが祖父空中斎光甫は、一族危急のさいにこれをいま記しておかねばならぬと思い立たれたに違いない、と私は察した。

さればこそ古い世の、権現様がまだ竹千代君と申しあげ、駿河に人質となっていた時のことから語りだされたのだと思った。

私は祖父に命じられてこれらの話を書き記して以来、なにぶんにも話が遠い世の、今川義元公だの、信長公だの、石川五右衛門だのの出てくる時代のことゆえ、あとでそういう人びとの生れ年月日、生きていた世の年号のことなどに興味を持ちはじめ、手帖に記して照合する癖がついたのです。だから言えるのですが、桶狭間の戦さで義元公が信長公に討ちとられなされたのは永禄三年のこと、義元公は御歳四十二歳であらせられた。ついでに申せばその時信長公二十七歳、権現様はわずかに十九歳でありました。われらが祖光二は大永二年の生れゆえ、三十九歳に相成る。ゆえにこの話はそれよりさらに古く、義元公がまだ東海道に覇をとなえていた時代に遡り、まだ三十代初めの光二が今川家にて刀の目利きや研ぎをしていたとき、それを傍らから竹千代君が興味深く御覧になっていた、御膳を召し上がられるときはいつも御相伴を仰せつけられていたというのですから、心細い人質の御身で竹千代君がいかに光二になついていられたかがわかるというものです。

その話を祖父光甫はまず思いだされたのでありました。と言っても、祖父がこれを語られたときからすればおよそ百二十年も昔のことなれば、まさか祖父がそれをじかに知っていたわけはない。おそらく光二から代々子や孫に語り伝えられたものがあって、祖父にはそれがわがことの思い出のようになっていたのだと思われます。こういう古い古い代のことをまず思いだされ、それからつづけて、遠い代を思うように目を閉じられたまま、ゆっくりとこうつづけられた。

一　権現様は天下をお取り遊ばされてからも、その古い昔のことをしばしば思いだされてか、たびたび、光悦はいまいかがいたしているかとおそばの者にお尋ねなされたものであると、これは松平右衛門大夫殿が何度も申されたことであった。そして御自ら角倉《すみのくら》に仰せられて、高麗の筆、唐墨など貴重な品を光悦に賜わったこともたびたびあり、また光悦が近頃中風気味にて手がふるえるとお聞きなされれば、わざわざ茶屋四郎次郎に仰せられて、唐より烏犀角《うさいかく》と申す高貴薬をとりよせて賜わるなど、そのお心遣いのほどはまことに有難いことであった。

また慶長年間、本阿弥一類の者どもを駿河にお呼びよせになって、刀の細工を仰せつけられた折には、一族の者に残らずお目見得を賜わったものであったが、そのとき、この中に光二の筋目の者はいるか、とわざわざお尋ねなされたゆえ、松平右衛門大夫殿が、ここにおりまする光瑳《こうさ》と申す者、これがすなわち光二が孫にてございますと御披露申しあげると、顔を上げよ、顔を上げよと二度も仰せられ、よくよく御覧じあって、さても光二に似ていることよと御満足気に仰せられ、光瑳も忝《かたじけ》なくも特別にお目見得賜わった次第であった。

　かような筋目の者ゆえわれら光甫も、以来台徳院様（秀忠）、大猷院様（家光）、厳有院様（家綱）にいたるまでお目見得賜わっている次第にて、まことに冥加に叶うとはこのことである。

　このように光甫は、遠祖光二の昔話につづけて、さらに権現様がその後も光二のあとの者ども、わけても光悦に賜わった特別のお心づくし、一族への御愛顧のほどは、今日にいたっていると、将軍家との関わりのあらましを物語ったのであった。祖父がわが家の自慢のためにかような話を語ったととっては、祖父のお心のほどをとり違えたことになる。これは自慢なぞではない。すべてこれ、

「光悦に御屋敷を被下候事《くだされそうろうこと》は、其故《そのゆえ》なきにしもあらず」

と語り始めたその心持からおのずとほとばしり出て来た古い言い伝えであって、そ

れを語る祖父の胸の裡には深い悲しみと諦めとがあったと思われるのです。本阿弥の最も輝かしかった時代は鷹ヶ峰とともに終るであろう。時代も変った。これからは本阿弥は衰退に向うやもしれぬ。それも世の流れとあれば致し方はない。が、それならばせめてわしが生きているあいだに覚えている限りのことどもを、われらが家の風はこうであったと、一族の輝かしかった時代の記念として記し残しておこうではないか。ただわれらが家だけの秘められた思い出として。

それが祖父光甫のこれを語りだされたお心持であったと思う。さればこそ祖父は折角これらの記録を残されながら、書き終ると門外不出の秘本としてわが家にだけとどめおくよう遺言なされたのであった。

五

きのうはどこまで話したのであったかの。そうそう、遠祖光二の代から本阿弥は権現様より特別の御憐愍をかけられ、それが光悦、光瑳、光甫にまで及んだことを話したのでありましたな。

ああ、このように話していると、私が祖父光甫よりじきじきにこれらの話を聞き書き記したときのことが、きのうのことのように思いだされまする。あのとき祖父もまた翌日新しく話をなされる前によく、いま私が尋ねたと同じように、「きのうはどこまで話したのであったかの」とたしかめられるのがつねであったものよ。

ここで権現様を竹千代君の昔に知った遠祖光二についてそなたたちに教えておかねばなるまい。本阿弥はもともとは始祖妙本と申される方が足利尊氏公にお仕えして以来、刀の目利き、研ぎ、浄拭《ぬぐい》を家職として来た古い家柄であるが、とくに世に名を知られるようになったのは、五代本光、六代光心、そしてこの七代光二の代からであったと言われている。「本阿弥家系図」にはこうあります。

光二。光心養子次郎左衛門。初メ光心ニ男子コレナク、多賀豊後守高忠ノ次男片岡次太夫ノ次男ヲ婿養子トシ、長女ニ配シ、家名ヲ存続セシム。ノチ実子光利出生ニツキ、光二ミヅカラ身ヲ退キ、別家ヲ立ツ。大永二年壬午生レ、慶長八年十二月二十七日歿。歳八十二。

この歳八十二というは誤りにて八十が正しいが、これを見てもわかるとおり光二は片岡家より養子となられた人で、その妻となった長女というのが、あとでたっぷり語ることになる妙秀尼であった。光悦はこの二人より生れた実子でありますが、光悦にも男の後嗣なく、ふたたび片岡家から養子に迎えたのが光瑳であったゆえ、権現様が「さてもよく光二に似たり」と感心なされたのも、言ってみれ当然の話でございますな。光心にのち実子光利誕生のため光二は別家を立てたとあるが、この光利のあと光徳、光室、光温、光達とつづくのが本阿弥本家であることは言うまでもありますまい。光徳は光悦と同じ時代の者、光室は光瑳と同じ時代の者であった。光室は若死にされたが、家業の刀の目利き、研ぎにかけては名人といわれた人で、祖父が前の話につづけて語られたのはこの人についての話であった。

一　また台徳院様（秀忠）の御代の寛永二年のことである。このとき江戸に出向していたのは本家の光室であったが、光室は十一月二十六日御城においてとつぜん中風の発作に襲われ、御前にてはげしく煩《わずら》いだしたゆえ、老中土井大炊頭殿みずから光室の手を引いて御玄関まで連れ出し、御玄関にて乗物に乗せ、石町一丁目の宿へ帰されたのであった。そのうえ上意にてとくに延寿院に療治を仰せつけられた上、二度までも上使を遣わされて御見舞い下されたのであったから、まことに冥加至極のことである。けれども養生叶わず、光室は同夜半に空しくなった。歳四十二。

　さて右の趣はただちに京都に伝えられ、本阿弥では一類相寄って相談いたしたところ、光室の伜又三郎はそのおりまだ若輩の者ゆえ、跡目相続のこと心許《こころもと》なく、そこで光悦がじきじき江戸表へ出向して相続のお願いをいたすこととなった。光悦は板倉周防守殿を訪ねて土井大炊頭殿あての御状を申し請け、十二月中旬に京都を出発、同二十七日江戸に到着した。江戸に着いてただちに大炊頭殿御屋敷に参上いたしたところ、大炊頭殿は待ちうけていたかのようにすぐ光悦に会われ、

「寒気きびしい折の出府、大儀でありました。安心してまずはゆるりと御休息くだされよ」

　と仰せられ、御自身はそのまま御登城、暮れ方に宿に戻られると早々に光悦にこう申された。

「そなたが本日江戸に到着のことお上に言上申しあげたところ、ただちにお逢いになるとの御上意であった。到着早々ただちに拝謁仰せつけられるなどとはまことに

稀有《けう》の御はからいにて、拙者も驚き申した。ところで、拝謁いたすについてはなにか献上物の支度をして参られたか」

　事のあまりに思いがけぬ成行きに驚いた光悦が、

「お目見得賜わることなどまったく予期しておりませなんだゆえ、献上物についてはなんの用意もして参りませぬ」

　と申しあげると、

「しからば色紙を差上げるのがよかろう」

との仰せである。しかし光悦はとつぜんのことなれば上様に差上げるほどの色紙の持合せもない。ゆえにそのこと正直に申しあげると、

「余のもとに先年人より貰ったよい色紙がある。とりあえずそれをお貸し申すゆえ、それに書き認めて献上いたされるがよい」

　と親切に御指図なされた。

　光悦は御指図どおり拝借した色紙に和歌をしたため、それを持参して翌二十八日大炊頭殿に付添われて登城すると、ただちにお目見得仰せつけられて、台徳院様じきじきにこう仰せられた。

「寒き時分の出府、まことに大儀である。光室がことは、あのように早く相果てようとは思いもよらず、不憫《ふびん》でならぬ。又三郎の跡目相続のことはたしかなことゆえ気遣いいたすな。それにしても光悦は、年寄りなれば座敷にてもよろよろいたすかと存じていたに、存外の達者にてなによりである。いよいよ養生して長生きいたせよ。光悦は天下の重宝である」

さようなありがたい上意を蒙《こうむ》って、めでたく御前を退出したことであった。

翌二十九日、お暇乞いのため登城するとただちにお暇を許された上、御時服ならびに銀子まで拝領した。その節大炊頭殿が申されるには、

「一昨日江戸に罷り出で、昨日お目見得賜わり、今日お暇を下されたこと、かかる仕儀は御代始まって以来初めてのことである。よくよくありがたく存じ候え」

とのことにて、光悦はまことに冥加至極のことであった。

光悦は同じ二十九日、下総中山の正中山に参詣、ただちに帰京した。まことに忝《かたじけ》なき仕合せであった。

祖父光甫がこの段を語ったときは、声にもいかにも晴れやかなひびきがあり、私も

書き記していて心が躍り申した。わが先祖光悦が台徳院様にこのように重んじられていたとはつゆ知らなんだゆえ、まことに誇りがましく、

「いよいよ養生して長生きいたせよ。光悦は天下の重宝である」

と祖父光甫が、その言葉の重みを噛みしめるように口にしたときは、私もその場にいあわせるような気がしたものでありました。

鷹ヶ峰が失われる、わが一族の輝かしい時代は終ったと思い定めたとき、老いた祖父光甫の中にまず甦って来たのは、そのような本阿弥が最も輝かしかった時代の言い伝えでありました。これはむろん遠祖光悦が特別に優れたお人だったからではある。光悦の書はそのころから天下の重宝とされ、だからこそ土井大炊頭殿も光悦に色紙をお貸しなされ――このお貸しなされたというところが面白い――それをもって将軍家への献上にふさわしいものとなされたのであろう。さぞや台徳院様も御嘉納あそばされたことであろう。

六

このように祖父光甫は、遠祖光二以来の将軍家との並々ならぬ御縁を一気に話されたのであったが、それはまるで祖父のうちにながらく閊《つか》えていたものがこの折を得て一度にどっと流れ出したように見うけられました。私はこれらの話が実際にあったことやらなにやら、そんなことは知りませぬ。それは今となっては調べようもないことであります。が、それよりも大事なことは、これらの話が本阿弥の家に代々ありがたい話として語りつがれ、この家に生れた者たちの気をひきしめ高めて来たということでありましょう。

京都の奉行衆がどのような御沙汰を下されようと、わが家にはかような言い伝えがあると知ることが、どれだけ打ち沈んでいた人びとの心を元気づけ励ますかもしれぬ、そう思われたからこそ祖父はこの危急の時にあたってこれを書きとどめようと決心なされたのであろう。祖父がつづけて語ったのは、光悦が鷹ヶ峰を拝領したときの次第であった。

一　元和元年権現様（家康）大坂の御陣よりお帰りの節、京都にて板倉伊賀守殿にお尋ねあって、本阿弥光悦は何としたるぞ、との仰せであった。そこで伊賀守殿が、
「存命にて罷りおります。ただ異風者《かわりもの》にて、京の町中には住みあいたゆえ、人のいぬ片田舎に住んでみたいなどと申しております」

　とお答え申しあげたところ、

「しからばさように致しつかわすがよい。近江・丹波などより京都に入る道には、用心悪しく、辻斬り・追剝ぎなどの出る所もあるであろう。さようのところをひろびろと取らせよ。その地に住む者があれば、その者たちも取立ててやるがよい」

　との上意であった。

　権現様御還御ののち、伊賀守殿よりじきじきその旨お達しあって、忝《かたじけ》なき次第であった。

　そのような次第にて拝領したのが鷹ヶ峰麓の地だったのである。東西二百間余り、南北七町あまりの原であった。清水の流れ出でる所を光悦の住居と定めた。道春林

羅山が『鷹峯記』を書いた。そのほかの地を数々に別けて、一類・朋友・久しく召し使う者どもにまで分ちとらせた。

祖父光甫がこれまで本阿弥の家と将軍家との関わりを一つ一つ挙げて来たのは、なによりもこの段を語りたいためであったろう。この段を語り伝える祖父の声はいかにもたのしげで、うたうようでさえあった。私も書いていて誇りがましかった。祖父はわが一族の最も輝かしい時を語っているのでありますものな。

権現様は元和元年大坂の役から晴れて御帰陣の節、二条城にて初代京都所司代板倉伊賀守勝重殿のお出迎えを受けられ、勝ち戦さを祝う宴を催された。その折、京都の名だたる町人衆が献上物を持ってお祝いの言葉を言上したのはいうまでもない。豪商角倉素庵、茶屋四郎次郎、呉服商雁金屋の尾形宗柏、さらには石河自安、万屋清六、三木権太夫など、当時京にて名のある町人衆はみなこぞってお祝いに参上したといわれておりまする。われらが祖光悦も将軍家刀御用の家の頭梁としてお祝いにうかがった一人であった。

祖父光甫は、権現様から「光悦は何としたるぞ」とお尋ねあったと語っているが、別の言い伝えによれば、光悦が参上いたしたとき権現様はまず光悦に御知行を下されようとしたとある。知行を授けるゆえ江戸へ出てこいというおっしゃられようであったという。それにたいし光悦は、

「私儀はもはや老齢にて、先年来中風の気味もこれあり、江戸、駿府へ罷りこして相勤め申すこと叶いがたく存じまする」

と老齢と病身を理由にやんわりとお断り申しあげた。本来光悦には本阿弥の家は子々孫々京都にとどまるべしという堅い覚悟があったのだが、それを申しては角が立つゆえそのような理由を申し立ててお断り申しあげたのであろう。

するとそのとき傍らにあった伊賀守殿が、この方は所司代として京へ赴任されて以来光悦とは御昵懇《ごじっこん》であったゆえ、この者は異風者にてうんぬんと、祖父が語ったとおりの言葉でとりなされ、それで鷹ヶ峰を賜わることになったと伝えられている。おそらくはそのほうが実際に近いであろうかの。このことについては板倉殿のおとりなしがきわめて大きかったとうかがっている。

ともあれこのようにして拝領したのが鷹ヶ峰の地だったのであります。光悦は拝領するとただちに地割りを行い、一類・朋友・眷属《けんぞく》の者たちに分ち与えて住まわせ、こ

ここにまったく新しい本阿弥の町が出来上ったのでありました。ここに当時の地割り図を持ってまいったからよく見てごらんなされ。

このとおり全部で五十五軒、本阿弥一統の者が多いのは当然として、そこに茶屋四郎次郎殿や、呉服商雁金屋、あの絵師光琳・乾山兄弟の祖父尾形宗柏殿の名もある。

この方たちは茶の道の友として別荘に用いられたのであろうかの。

筆屋妙喜とあるのは、光悦が書に用いる筆をもっぱら作った職人であったとうかがっている。俵屋宗達殿の名も、楽焼の常慶、道入の名もここに見えぬが、これらの人びとはここに住まずともたえず出入りしていたに違いなく、新たに作られた光悦町は、初めからさながら工匠村の観があったでありましょう。さぞやそれはさかんであったに違いない。

右図に名の残る人々

通り町筋東側北より

口二十間　本阿弥又次郎

口二十間　宗知

口二十間　弥市
口二十間　光瑳
口六十間　光説
口五間　孫助
口十五間　宗珠
口二十間　土田了左衛門
口二十間　光栄
口十五間　喜了
口九間　光栄
口二十間　光益
口五間　仁左衛門
口四間　九郎右衛門

通り町筋西側北より

口十八間　くぼう常清
口二十間　宗寿

口六間　仁兵衛
口二十間　茶や四郎次郎
口二十間　おかた宗柏
口　むめたに道安
口九間　蓮池常有
口九間　孫右衛門
口十五間　そたに宗右衛門
口二十六間　土田宗沢
口十五間　筆屋妙喜
口十五間　宗仁
口十五間　光伯
口六間　久右衛門
口六間　次兵衛
口五間　名助
口六間　伊右衛門

口六間　与右衛門
口六間　次郎三郎
口五間　助右衛門
口十五間　光甫

西の道筋北側西より
外になだれあり

口十三間　本阿弥十郎兵衛
口十五間　秋ば多兵衛
口五間　与兵衛
源兵衛
口　与（右衛門）
口　助右衛門
口　平右衛門
口六間　道賀
口五間　六兵衛

口九間　かめ
口十間　新介
口六間　かめ
口八間　□□
口十五間　藤十郎
口十間　たいあみ八郎右衛門
口十五間　たいあみ道有
西への道筋南側東より
口十五間　大工久右衛門
口六間　次兵衛
いはい所道
　いはい所
　なたれ二十八間
口十八間　本阿弥一郎兵衛
口二十間　本阿弥三郎兵衛

祖父光甫は問わず語りによくそのかみの光悦町のにぎわいを懐しげに話されたものでありましたが、光悦を中心に、大方が家業の刀の細工に専念したのはいうまでもないことながら、茶碗づくり、蒔絵づくり、茶の道のお仲間、書のお仲間のお出入りがあり、それはそれははなやかで活気のある町であったと申しておりました。話をうかがっていると私までもその当時のにぎわいの中にいるようで、若い光甫の高ぶりがわかる気がいたした。

思ってもごらんなされ。ここに新しく移り住んだ人たちは、家業の刀の目利き、研ぎ、磨きにおいては申すに及ばず、書、蒔絵細工、茶碗づくり、茶の道、すべてにおいて当代一流の人たちばかりにて、その人たちがおのおのその道にかけて工夫をこらし心をとぎ、切磋琢磨していたのであります。そこにはさぞやピンと張った、気持のいい空気が流れていただろうと思われる。そんな時代にめぐりあった人たちは羨ましいことでありますな。

しかもその新しい光悦町は、たんに仕事によって結ばれていただけではありませなんだ。これはまた信仰によって結束した人々の住む所でもありました。ここに光悦は、常勝寺、妙秀寺、知足庵と、一族の信仰する日蓮宗の寺を建て、そこでは朝な夕なにそこには読経の声の絶えることがなかったと聞いておる。私が娘のころは光悦はむろん亡くなって久しく、新たに光悦寺がつくられていて、私たちはこれらの寺で唱文をとなえ、お籠りをし、ありがたい経を聴聞したものでありました。信仰こそが光悦町の人びとを内から一つにつなぐかなめであったのである。

ただこのほかに、権現様が「その地に住む者があれば、その者たちも取立ててやるがよい」と仰せられた者たちが住んでおりました。そしてやがてその者たちのところによそ者が住みつき、ついには新庄屋などをとなえるにいたった基は、そこにあったのかと思われまする。

その一族のかなめの地が失われようとしているのであるからして、移り住んだ鷹ヶ峰の地の景色を語る祖父光甫の口調が、それまでの憤りをこめたものに変って、そのかみを懐しむあまりうっとりとうたうような調子になったのは当然であろう。祖父はつづけて所のさまをこのように語られたのであった。

一　東を見やれば加茂の山、比叡山、如意が嶽、北には鞍馬、貴布禰《きふね》、西にはわずか二丁ばかりへだてたところに鷹ヶ峰。麓には紙屋川の水草清く流れ、都の内にもかかるところはあるまいと思うほどであった。そば伝いに通う細道は昔からの山がつの通い路である。

　ゆけはゆきとまれはとまる月かけの秋おもしろき川そひの水

と歌に詠まれた道のあたりに、縦横二丈あまりの大石があって、これを鏡石という。立寄れば人の姿が映る。昔は洛中の西の峰であった。

　烏羽玉のわかくろ髪やかはるらむかゝみのかけにふれるしらゆき

と貫之が詠んだのはこの石のことである。

南には、近くは平野、北野が、菅家の御苗木のあいだにきらめいてそれは貴く見える。はるばると遠く眺めやれば、鳥羽田の河浪に淀の川舟うかび、男山のむこうには伊駒が嶽、金剛山、よし野、三笠山と、見えるはみな名所ばかりにて、あまりに多くあって数えきれねば、ここには百に一つを書付けるのみ。

わけても面白いは、朝まだき空は青くうち晴れて心にかかるくまもないに、目の及ぶかぎりは霧の海となって、繁った森がその中に島のごとく浮び、木々の梢が舟のように見える折である。またその霧の海に二条の金城、九条の塔、海上に浮んで雲をつらぬく。

目のまへに海をなしつつ朝きりのあらぬところに沖つしまやま

と法印玄旨の詠ませられた言葉が思いだされる。その昔さる人が天の橋立にて、

思ふことなくてやみましよさの海のあまのはし立てみやこなりせは

と詠まれたのは、都を遠くへだてていたゆえにかような気持になられたのであろうが、わが鷹ヶ峰は王城よりわずか二十余町しかへだたっていないのであるからありがたいことである。みちのくの松島を見た人々までが、松島もこの鷹ヶ峰には及ばぬと申されたほどであった。

そのように鷹ヶ峰の所のさまを古歌をまじえながら目を閉じて歌うように思い描かれたのである。まるでそれがもはやなくなった昔の名所でもあるかのように。私は口伝えに申されることをそのまま書き写しながら、そういう祖父の心持を思いやって涙があふれ、しばしば目をぬぐい申した。祖父の心の中では、いま現に自身の住まっている土地でありながら、それはもはや亡い土地、はや思い出の中の所になっていたのでありましょう。

だから祖父が最後に、しばらく黙っていられてからやがてぽつりと、

「いまこの所には法眼空中斎が住みける」

と言われたとき、私はなぜともなくどきりとさせられました。まるでそこにはもはや誰もいなくなって、いまや自分一人しか住んでいないと仰せられたように聞えましたからの。

そして祖父はこの言葉をもって、遠い昔に始まる将軍家とのかかわり、鷹ヶ峰拝領の次第の物語を閉じられたのであります。

巻二　妙秀がこと

七

けれども物語はそれで終ったのではなかった。初めはお上の仕置きにたいする憤りに駆られて、ならばせめてわれらが内々の者たちにでも鷹ヶ峰を拝領いたすにいたった次第を伝えておこうと思い立たれたのでありましょうが、それを語り終えると、やはりそれだけでは物足りぬと感じられたに違いありませぬ。

われらが祖先が権現様（家康）を初め、台徳院様（秀忠）、さらには土井大炊頭殿や、わけても板倉伊賀守殿、周防守殿ら代々の京都所司代に、あるいは堂上方や時の重立った文人墨客、絵師、焼物師などに、なぜ親しまれ重んじられるにいたったかの、そのわけあいを語っておかねば、これはただの自慢話と受取られかねないとお考えになったのであろうと思う。

鷹ヶ峰拝領にいたる物語を語り終えられたあとしばらくは休んでいられたが、祖父

光甫はそれからふたたび、

「ついでゆえ、このさいわれらが先祖の行状のことも語っておこうと思う。御苦労であるが、そなたまたしかと書きとめておくれ」

と私に書記を命じられ、話を再開された。

そうやって始った祖父の昔語りは、それから来る日も来る日もつづいたのでありました。私は毎日心をひきしめて机に向いました。それに話されることはみなわが先祖の生涯のことであり、多くは私が初めて聞く物語でありましたゆえ書き写すのもたのしゅうあった。信長公だの石川五右衛門だの、歴史上の人と思っていた人たちがわが家の先祖とじかに関わりがあったと知ると、それだけでも胸が躍るようであった。

祖父がまず語りだしたのは、しかし男たちのことではなく、家業のことでもなく、光悦《こうえつ》の母妙秀《みょうしゅう》のことでありました。これには私も初めは意外な気がいたしした。妙秀がことは私も先祖の中のすぐれたお人として名を知り、話もいくつか聞いていたけれども、なぜまずこの人の話なのか、と思いました。

が、その話を書き記すうちに、祖父光甫《こうほ》がなぜ最初に妙秀の生涯を語られたのかの理由がだんだんにのみこめてまいりました。祖父は物語全体の順序と組合せを、よくよく考えていられたのでありますな。妙秀こそはこの家の風をつくりあげた柱であると信じていられたゆえに、妙秀の話によがってわが先祖の心の持ちようを伝えようとなされたにちがいありませぬ。

妙秀は過去帳によれば享禄二年の生れとありますから、昔も昔、まだ足利幕府のあったころに生れたことになりまする。ということはすなわち、それから戦国乱世になった世を夫光二とともに生き抜かれたわけで、並大抵の生涯ではありませなんだろう。が、その乱世を無事に生き抜かれ、光悦が鷹ヶ峰を拝領した三年後に九十歳の生涯を閉じられたのであるから、その一事をとっても大変なお方であったことは間違いありませぬ。

祖父の語った話からでも、妙秀は胆太く、気性も強く、智恵も賢い人であったことがわかりました。夫の光二が武家の家の出らしい、謹厳実直、曲ったことのきらいな、頑固で堅苦しいようなお人であったのにたいし、妙秀は機転のきく、打てばひびくような当意即妙の才智のあった人であったこともわかりまする。それでいてまた信心深く、どんな人間にもあわれみをかけずにいられぬ人でもあったのです。

この方以後代々本阿弥の家には女性の中に人柄のすぐれたお人が絶えず、家の内のことは、一族のあいだのことから召し使う者へのいつくしみ、子供の育てよう、すべて女性たちが取締ってくる風が育ったのでありましょう。女性を大事にするのが家の風なのであります。

祖父がまず語りだされたのは、その妙秀のこととして家に伝えられた古い物語であった。

一　光悦の父は次郎左衛門入道光二といい、母は妙秀と申した。光二はもと多賀豊後守高忠の二男片岡次太夫の子であって、本阿弥光心の養子となった者である。信長公にしごく御懇意にされておって、毎日公の御前に罷り出てお目にかかっていたほどであった。

信長公が荒木摂津守を退治なされたばかりのころのことである。摂津守の所持にかかわる大江と名付けられた天下無双の義弘の名刀があって、たまたまそれが市に売物に出ているのを光二が見つけ、買い求め、信長公に献上した。が、公は、これは叛臣の所持していた刀にて、不吉なものゆえ使うわけにはゆかぬと仰せだされたので、光二は刀を手許にとどめておいた。

しかるに公のおそばに何某と申す出頭人（室町時代から江戸時代初めにかけて、幕府または大名の家で、君側に侍って政務に参与した者）がおって、その男がぜひにもとこの刀を手に入れようとしたのである。が、何分にも大江は大名物であって男には過分のものであるからして、男の力では手に入れることができぬ。さらばとこの男いかなる手立てを用いてでもしてただ取りしてくれようと企み、信長公にあることないこと光二の中傷に及んだので、ついには公も怒られ、一時は光二の命さえ危うくなった。

親類一同案じて相談に及んだが、いったんあの御気性の烈しい信長公の御怒りを蒙った以上は致し方のないことである。が、わが身に曇りのないことは天道様も御照覧であろう、いずれ身の潔白の晴れる折もあるであろう、じっとその日を待ち望むしかないと言い定め、光二はおとなしく家に蟄居《ちっきょ》していた。

そのあと信長公が鹿狩のため加茂山へお出かけなされたときのことであった。とつぜん垂れ布のかげより走り出て公の御馬に取りついた女がある、と見るとそれが光二の女房妙秀であった。妙秀が必死の形相で御馬の口に取りつき、

「私は本阿弥次郎左衛門の妻でございます、夫は咎《とが》なくして殿の御勘気を蒙ってお

りまする」

と訴え申しあげるのを見ると、公は、

「にっくき女め」

と叫ばれ、御鐙《ごあぶみ》にてしたたかに女を蹴りつけられた。

されどそのあと、もし男に咎があるならば妻の知らぬことはあるまい、妻がかように命懸けで直訴《じきそ》をいたすとは咎のない証拠であろうとお考え直されたのか、翌日光二を御前に召し出され、女房が直訴に及ぶなどとは前代未聞のことぞと仰せられ、さらに光二が懇意にされている大名家を御使者に立てて事情を訊《ただ》された上で、御勘気を許されたということである。

妙秀についてはのっけからこのように凄まじい話がとび出したのでありました。これなぞは妙秀からじきじきにその子光悦へ、光悦から光瑳へと語り伝えられた話でありましょうかの。光二はそのときもちろん刀の目利きと研ぎの業を買われて信長公の御懇意を賜わっていたのであろうが、そういう者でも戦国乱世を生きぬくにはかように必死の思いもしなければならなかったことがわかりまする。信長公がそれによって思い直されたからよかったものの、さもなければ打ち首にされていてもおかしはありますまい。光二が懇意にしている大名家を使者に立ててとあるのは、あるいはそのころから光二が御扶持をいただいていた加賀の前田利家卿のことでありましょうかの。利家卿のおとりなしがあったから赦されたのかもしれませぬ。が、それにしても女の身で御気性烈しいことで知られる信長公に直訴に及ぶとは、これをもってしても妙秀がいかに強い気性の女性であったかが察せられるというものであります。

荒木村重殿が討ち滅ぼされたのちまもなく、その刀が市に出回っていたというのも、いかにも戦国の世のあざとさで、当時は戦さがあればそのあたりにたちまち乱破《らっぱ》とか夜盗が跳梁し、殺された者の刀や鎧をさえ奪ったことが、この話からも察せられます。凄まじい世であったものよの。

私はこの話を初めて祖父より聞いたときは、そういうものかと身をふるわせる思いで書き写し、われらが祖妙秀の気丈さにただ驚いたものでありましたが、あとになって調べてみると不審な気もいたしたのであった。と申すのは、信長公が荒木退治をなされたときといえば天正七年のことにあたるが、それならば妙秀はもはや五十歳であり、いかに妙秀の気性が強くとも五十の女性がかようなふるまいをいたそうかと思ったのであったが、あるいは五十歳でもなおそれをするのが妙秀というお人であったかもしれませぬ。ちなみに天正七年には光悦は二十二歳で、この話はもちろんすぐ知ったであろうが、とすれば光悦もまたかような殺伐たる時代をその目で見て来たことになりまする。妙秀、光悦の母子とも人並はずれて信心深い慈悲の人となったのも、かような殺し合いのうちつづく乱世を見て、つくづくあさましい世よと思っていたからかもしれませぬな。

　夫の無実を晴らすためなら暴君といわれた信長公に直訴することさえいとわぬ妙秀が、その心根はまことに慈悲の人であったことを示す逸話がそれにつづきました。

一　あるとき人を殺した者がとつぜん血刀をひっさげて本阿弥の家に走りこみ、妙秀を人質にとって立て籠《こも》ろうとしたことがあった。並の女性ならば叫びをあげ、ただ恐れおののくばかりであったろうが、人殺しが入って来ても妙秀は少しも恐れず、男を見ると、追われている身でありましょう、私がそなたを助けて進ぜる、こなたに来なされと言い、男を納戸に案内して中に入れ、外から掛け金をかけ、自分はそのまま座敷の端近く坐って縫物などしていた。

まもなくそこへ追手の者が大勢数十人ほども駆けこんで来たが、まだ年若い女が顔色も変えずに坐ったまま、いったいこれは何事のさわぎでありまするかと尋ねるので、意外な思いに打たれ、人を切った者がただいまこの家に走りこんで来たはずだがと言う。妙秀はそれを聞くと、さてもさてもそれは恐ろしいことじゃ、裏へでも走り抜けていったのでありましょうか、よくよく探して下され、と大騒ぎしたので、追手の者たち、さては隣家へ逃げこんだかと、あわてて隣へ走り去っていった。日が昏れてさわぎも静まったのち、妙秀は男を納戸より出し、かたびらを着更えさせ、編笠を与え、その上路銀まで与えて立ち去らせたのであった。

これもまたいかにも殺伐たる話で、乱世とは侍たちの殺し合いばかりでなく、京の町中でもしばしばこういう人殺しの起る世であったことがわかります。人殺しが追手に追われ血相変えてとつぜんとびこんで来たに、恐れおののくどころか、とっさに男の切羽つまった立場を見てとって、「私がそなたを助けて進ぜる、こなたへ来なされ」と納戸にかくまってやる。

妙秀は胆が太いばかりか非常に機転のきく、情深い人であったということが、この話からも知れましょう。

そなたたちもわが身のこととして、思ってもみなされい。私にはとうていとっさの場合に妙秀がようなふるまいができようとは思われませぬ。妙秀は神仏を信じること深かったためか、生死を超えた慈悲の思いを罪人にたいしてさえ抱いていたためか、悪人をも恐れず、悪人でさえ窮した者はこのように助けてやらずにいられなかったお方なのでありました。

相手はどんな理由にせよ人を殺めた者である。さような者をかくまうことの是非はむろん考えたであろうが、追手につかまれば必ず殺されるとわかっている者を見ては、人殺しであれかくまってやらずにいられないのが妙秀という人であったのです。しかも約束をたがえることなく助けてやったのみか、着物を与え路銀を恵み、おそらく、どうかこれからはかような罪深いふるまいはいたされるな、とさとして逃がしてやる人だったのです。助けられた人殺しは、さぞやありがたく思い、そのあとは心を入れかえたことでありましょう。

八

祖父は一つの話を伝えるにも精魂こめて語り、一つ語り終えるとぐったりするほど疲れられたものでしたが、このような短い話をするのになぜそのように御苦労なされたのかと不審がる者もあるやもしれませぬ。私も初めは同じ疑いを抱きました。が、書き写すうちだんだんにそのわけがわかってまいりました。

祖父があのように疲れたのは、物語を、言葉も順序も、先祖から伝えられた話そのままに伝えようとなされたためであった。物語を祖父光二か、あるいは一族の長老のだれからか、聞いたそのままの姿で思いだし、そのまま文字で伝えること、決してわかり易くもせず、わからぬところ不審なところがあってもそのままに伝えること、そのために祖父はあのように御苦労なされたのであった。その証拠に、あとのほうで祖父が御自分の考えを自分の言葉でのべるところがあるが、そこでは少しも疲れた様子もなく、むしろ凛々としたお声で語られたのでありました。

そこで私も祖父が語ったとおりにそなたたちに伝えることにいたしますが、妙秀についての三番目の話は、大盗賊としていまも名高いあの石川五右衛門が、なんとわが本阿弥の家に押入った話でありました。

一　秀吉公の御代に石川五右衛門という盗賊が跳梁して、市中穏やかでなかったころ、こやつが光二の家の蔵をも破り、一財産奪い取っていったことがあった。光二はそのときたまたま娘の嫁入り先へ行って泊っていたが、知らせをうけて急ぎ帰ってみれば、諸方の得意先より預っていた大事な刀・脇指まで数多く盗みとられている。あまりのことに光二が、

「手前方が所持していた道具は奪われてもまあ我慢しよう。が、他所様《よそさま》よりお預りしていた道具を盗みとられたとは、なんとも申し開きもできぬことじゃ」

と長歎息すると、妙秀はそれを聞きもあえず、

「本阿弥が家に腰の物をお預けなされるほどの武士が、盗人に入られたと聞いて、それでもなおぜひにも返せなどと申さるることがどうしてありましょうぞ」

と申し、さらに、

「この盗人は世に隠れもない刀・脇指をあまた盗んでいったのでござりますれば、

ほどなくつかまるでありましょう。あのようなものを盗んでいったとはなんとも不運な者どもであることよ」

とまで言うので、人びとが不審がってきき返すと、

「この家に盗みに来たためにこの盗人の正体が顕れ、ために多くの人の命の失われることを思うと、私は心が痛むのですよ」

と答えた。そしてなにを思われたか、白綾の小袖一つ盗人が取り残しておいたものを袋に入れ、久しく召し使っているややという女を呼びよせて、

「これを本法寺のお上人様に参らせ、この盗人の正体があらわれぬよう祈ってくださいとお頼みしてきてくだされ」

と申しつかわしたものであった。

そのうち光二の家が盗人に押入られたとの噂が方々にひろがり、気遣いする人びとがわれ先にと見舞いに訪れだしたのであったが、行ってみると妙秀が少しも驚いたふうなく、

「光二はただいま下京に行っていて留守でござります、先ごろより本法寺の堂を建立しようと思い立たれ、その談合のためにまいっております」

と、そのことのみ平然と言うだけなので、盗賊に一財産奪われたというからいかに気丈な妙秀殿でも少しは驚きあわてているかと思っていたに、ふだんと何の変りもない、あの夫婦は夫婦とも世の常とは変ったお人じゃ、と人びとは呆れかえったのであった。

面白い話でありますな。祖父もこの物語を語られたときのみは、さも面白げに、歯のない口でくくと笑われ、「さても気丈なおばば様よ」と呟かれたものでありました。石川五右衛門などという、話にのみ聞く大盗賊が、この世にいるまことの人間として本阿弥の蔵に押入ったというのも意外であれば、道具から何から財産全部盗みとられたというのに平然としてさわがず、かえってあのような名物を奪っていった盗賊こそ不憫《ふびん》なものよと、この災難の中でさえ盗賊の命を思いやる妙秀の心根もまことに意外でありまする。人はなかなかとっさの場合に、しかもわが家の宝全部を盗みとられたというときに、こんなふうに心が動くものではありますまい。まず夫光二のようにわが家の不幸を歎くのが常としたものでありましょう。それなのに、そんなときでも、前の人殺しを助けてやる話と同様、財産を奪われたことよりもまず人の命を考えずにいられないのが、妙秀という人なのでありました。

それにしてもこの事件での夫婦のやりとりを見ると、夫の光二をたしなめたり、思うところをずばずばと人にも言い、すぐ行いにうつすところ、この家ではどうやら俗にいうかかあ天下であったようなさまがうかがえて、私も祖父と同じように、「さても気丈なおばば様よ」となんだかおかしくなってまいりました。欲のない人であったことは、財産を失っても少しも驚かなかったことでもうかがえますが、何より非常に気の強い人であったのですな。

これまでは妙秀のそういう、気丈で、頭のよく働く、思ったことをすぐ行いにうつす、気性の強い面を祖父はまず語られたのでしたが、妙秀はただそれだけの人ではありませなんだ。人殺しや盗賊にさえ慈悲をたれずにいられぬ、そういう優しい面こそが妙秀の本当の人となりであったことを伝える話を、祖父は次に語られたのでした。

九

これは『行状記』の中でも私の最も好む段でありますゆえ、まず祖父が語られた言葉をそのままに読んでみましょう。

一　妙秀が子供を育てけるは、少しにてもよき事あれば殊外《ことのほか》悦びほめけり。人の親の瞋恚《しんい》（自分の心に違うものを怒りうらむこと）をおこして子を折檻《せっかん》するを見ては、あさましき事と申《もうし》ける。いとけなきものをば、心のかちけざるやうに、心のいさむやうにと申ける。まして継子《ままこ》をにくむ女ありと聞けば、まゝ子の母が艸《くさ》のかげよりにくむべし。我子よりも大切にして、きとく者の名をとれかし。継子をにくませ置《おく》夫ときけば、腰ぬけ男のやうに思はるゝなり。又我子の大きにあしき事あらば、ひそかに蔵のうちへ伴ひゆき、くろゝをおとし、人の挨拶せぬやうに致し置《おき》、何とておとなしくはならざるぞ。此程の不作法、いやしき事ども、一々能《よ》く知りたり、といひて少しも怒らず、我前にいだきよせ、かさねてたしなむやうにひそかに折檻して、機嫌よく申聞《もうしきか》せしとぞ。

　人の親がかっとなってあとさき考えず子を折檻することは、いつの世にも絶えぬことでありますが、さような親の怒り方を見ては「あさましき事よ」と歎かれたのです。

幼い者を育てるには、子がいじけたり、ひがんだり、人目をうかがったりするようにならぬよう、なによりも、心がかじけぬように、心のいさむようにするが大事であると言われた。そしてわが身は、子が少しでもよいことをすれば殊のほかにほめてやり、叱る場合は、いきなりその場で怒りをぶつけたりせず、蔵のうちへともなっていって、叱るところを人に見られぬようくるるを落しておいてから懇々《こんこん》と教えさとす。強い怒りの声を出すではなく、抱きよせ、機嫌よく、理に訴えて言って聞かす。

　このような親に育てられた子こそしあわせと思いまする。どうして素直な、元気のよい、のびのびとした子に育たぬわけがありましょう。

　光二と妙秀には、法秀、妙光、光悦、宗知と、女二人男二人の子がありました。このうち長女の法秀は尾形道柏の室となり、次女の妙光は本家の光徳が妻となった。妙光もまたきわめて心のやさしい賢い夫人だったと私は聞いております。また、こういう母に育てられたればこそ、光悦のようにふっくらと大きな、思いのままに才を伸ばした子が育ったのでありましょう。

　しかも妙秀の愛はわが子にのみ及ぶのではありませなんだ。いずれの世にも親はわが子さえよければよしと、わが子ばかりを猫っ可愛がりしがちなものでありますが、そのような狭い料簡の人では妙秀はなかったのです。たとえ人の子、継子であっても、継子ならばなおさらわが子より可愛がるがいい、後妻が継子を邪険《じゃけん》にするのを見逃しておくような男は、腰抜け男のように思われると、そういう男どもへの怒りを隠さない。妙秀がわが子ばかりかおよそ人の子と生れた者みなに同じ愛で接したことが、この話からもわかりますの。

妙秀は、子供が少し大きくなると昔のおとぎ話や物語やを語って聞かせ、七つ八つになると四書五経を読ませて、素読のときから講釈をして聞かせたともいわれています。また歌の道なども幼いころより少しずつ覚えさせ、そのまま家職の道にもはげませた。このような妙秀の子育ての仕方は、それ以後代々いまにいたるまで、本阿弥の家の道となっていることは、そなたたちも知ってのとおりであります。

また、妙光は光徳の妻となったといま申したが、光悦の妻妙徳は光徳の姉であり、さらにいえば光悦の養子光瑳の妻となったのは本家光室の姉妙山であり、光甫の妻妙了は光室の娘であり、わが父光伝の妻妙泉は光温の娘であるというように、親類のあいだに婚姻の多いのもこのころからの本阿弥の家風でありました。このことにもやはり妙秀の考えが大きく働いていたものと思われます。妙秀について祖父の語ったことの一つに、そのことについての考えがよくのべられておりました。この話には妙秀の話しっぷりまでがそのまま伝えられていて、妙秀という人の考え方や語り口調が聞えてくるように私には思われます。

一　親類どものなかの者に縁談が起ったとき、他家の者と縁組をすると妙秀は気に入らず、それが親類の者どうしの縁組と聞くといたくよろこんだものであった。そのわけを聞くと必ずこう申されるのがつねであった。

一類の者どもに男も数多《あまた》あるのに、わざわざ他家へ嫁に遣《つか》わすのは、まるでその娘に疵があるようではないか。またわが一類の中に成人になった娘がいるのに、男が外に嫁を探し求めたりするのを見ると、まことに肝煎れることであるよ。さいわいわが一族のうちに似合わしい者がいるのに貰わないのは、親子の情の薄いゆえであって、そんな有様では末頼もしくないのである。またより好みして外から相手を求めても、必ずしもよい者が来るとは限るまい。その嫁の先祖にどんな悪事を働いた者がいるかもしれないではないか。

　ましてや名利に心をとられて金銀を多く持参する嫁を尋ねるなどとは、まことに不甲斐もない、ただ禍の基となるばかりである。決して金銀を宝と好んではなりませぬ。さような心掛けにては一番大事な兄弟の仲が悪くなるばかりでなく、人が恥をさらすも元はといえば多くは金のせいである。貧しい者が死んだあとで、兄弟の仲が悪くなったためしはない。

　金銀を多く持参する嫁を貰うのは、嫁のためにもならぬことである。何事につけてもこれは金を持って来た嫁だと思うために、気遣いする必要のないところにも気遣いして、嫁にたいする態度のとりようがむつかしいもの。またそれが賢い男ならば、金をもってきた嫁だから甘やかすのだろうと思われるのが恥ずかしさに、かえってさしたることもないのに目を光らせたりして、夫婦の仲が悪くなってしまうこともあろう。また女のほうがいさぎよく賢い人ならば、持参した金を男にまかせっきりにして、本当の夫婦の心地がするであろうが、もしそれが愚かな女で、男よりも金のほうを大事に思って、ことごとに疑いの目の色をみせるようなら、さぞさぞいやなことであろう。

　人の身にとって何より大事なのは、人と人との縁である。夫婦の仲さえたがいに大切にするならば、どれほど貧しくともみち足りているのである。欲深く鼻の先にばかり智恵のある者が、富貴であることばかりをよしとして、わが身に過ぎた婿や嫁をとるのは、まことにあさましいかぎりのことである。婿のおかげで世を渡ろうとするような心がけの者は論外として、婿も嫁も、みな真実のわが親なり、わが子なりと思うほどの、志のある者を好むがいい。われに過ぎた婿をとって、あたら娘を腰元か賄い人のような立場にしてしまうのは、富貴を好むからである。またわれに過ぎた嫁をとれば、家の中が万事華麗になってわが家の作法にも違い、それは必ず家が滅亡するしるしである。されば大身の者も小身の者も、ただただ身の分際に応じて縁組をするがいい。また人間あまたある中にも、わけても敬うべきものは、親、主君、祖父、祖母、兄、姉、伯父、伯母であり、さては舅、姑をも親同然に思うべきである。忌服もそれゆえ同じにする。これを疎《おろそ》かにするは天理にそむくというものである。

浅はかにこれをとれば、妙秀は親類の中の縁組ばかりをよしとしていたかに見えようが、よく読めば妙秀がそれを第一にしたのは、なによりもまずその家柄、人柄がわかっている上に、そこに金銭の問題がかかわってこないのを重んじたためだったことがわかりましょう。富貴を望んではろくなことにならぬ、それは人間関係を害うばかりでなく、人間そのものをだめにすることが多い。富貴であることばかりをよしとするのは、欲深く鼻の先にばかり智恵のある者と決っていると、妙秀が何度も重ねて言うのは、乱世にさような者を数多く見てきたからでありましょう。

妙秀が最も大事にしたのは人の心でありました。どんなに貧しくとも夫婦のあいだに愛情がありさえすれば、「いかほど貧しくてもたんぬべし」というのです。貧しい者が死んだあと兄弟の仲が悪くなったためしはないともいう。そう申すのも富貴の者が死ねば、あとに残った兄弟で醜い財産争いをする例が世にあまりに多いのを、妙秀はよく知っていたのです。人がしあわせになるかどうかは、富貴か貧しいかなどによるのではない。ひとえにただ人の心のありように関わるものであると、妙秀が言いたかったのはただそのことひとつでありました。

金ゆえに人間の心が歪みやすく、金が不幸の基となりがちなことを、妙秀はそのころの世の中にしばしば見ていたのでありましょう。そして人の心のありようをそのように鋭く見抜くことが出来たのは、妙秀には人を観る目があったばかりでなく、人間のあるべきようについてしっかりとした考えを持っていたためであると思われます。

これは生半可なことではだまされないお人であったのです。

これにつづく話には妙秀の考え方がもっとはっきりとあらわれている。これは自分の娘に関わる話。

一　妙秀には男子二人女子二人の子があった。姉娘は尾形という者の方へ遣わしたが、媒人は仲人口で嘘をついて、身上のいい家のようなことを言っていたものの、いってみると殊の外貧しい家であったので、これでは娘は心の内さぞ苦しい思いをしておろうと、光二は大いに悔んだ。が、妙秀は逆に、

「身の貧な事なぞ少しも苦しくないではありませぬか。むしろ富貴であれば、この人は慳貪《けんどん》（物を惜しみむさぼること、無慈悲なこと、貪欲なこと）であるがために有徳人（金持ち）になったのではないかと、かえって心もとないものです。ところがこの婿の親はひたすら正直正路の人で、親にも孝行の者であります。その点はしっかりと聞きたしかめておきましたので、そのことに心ひかれて娘を遣わしたのです。先祖の心が善いほどの宝が他にありましょうか。あの夫婦仲のことはどうぞ安心なされませ、末頼もしいことでありますよ」

と言い、少しも心配したふうでなかった。

ほどなくこの娘夫婦は男子をもうけた。

この家は浅井殿御家来筋の者であったので、台徳院様（秀忠）へ御台様（浅井長政の三女お江与、又は於江《おこう》）がお輿入れになったときは、聚楽から伏見まで、この妙秀の孫尾形新三郎は、しおたれたる袴・肩衣の姿でお供して参ったものである。そしてそのあともつねに御式台に詰めて御奉公申しあげていたが、御台様はほどなく天下の御台様となられて、大坂（淀君のこと）へもお口利きなさって下さったゆえ、呉服をお納め申すようになり、かくて御台様の御用は申すに及ばず、その筋目の者にはすべて尾形より呉服を納め申すようになり、上々様のおかげにてかの者の子孫はいまもつつがなく世を渡っているのである。

こう話され、妙秀は、とかく慳貪大欲によって有徳になった者はほどなく滅ぶ、と言って大いにきらったのであった。

ここにいう尾形とは、前に申した尾形道柏殿のことで、この人は北野神社で神銭を集めることをもってたつきとしていたというから貧しかったのでありましょうが、その貧乏なことなど気にせず、人柄に惚れこんで、そこへ妙秀は長女、すなわち光悦の姉法秀を嫁がせたのでありました。尾形の家はこの新三郎、すなわち宗柏の代に、雁金屋と名乗る京の大呉服商になったのでしたが、その前はこのように貧しい商家であったのです。台徳院徳川秀忠公は浅井長政の三女、すなわち淀君の妹お江与の方を正妻に迎えられたのですが、そのとき聚楽から二条城まで、この尾形新三郎は「しおたれたる袴・肩衣にて」お供したとある。道柏はもと浅井長政に仕えていたゆえに、宗柏はその縁でお供申しあげたのですな。そういう有様を見て、ここでも光二がごくふつうの常識人の見方にて、貧しい家に娘をやってあわれなことをしたと歎くのにたいし、妙秀ははっきりとおのれの考えをのべ、夫の見方が間違っていることをたしなめております。そしてここでも、身の貧なることは少しも苦しいことではない、それよりもし富貴ならば心が慳貪ゆえに有徳人になったのではないかとかえって心配である、しかしあの家の人たちは心の善い人であるゆえ、いかに貧しくとも案ずることはありませぬと、まずその人柄を最も大事なこととしているのです。

世間ふつうの人はとかく、富貴なる者はそれだけで人柄優れた者、仕合せな者と見なし、逆に貧しき者は才も智恵も劣った者、不仕合せな者と見がちなものでありますが、妙秀はそのような外見にはだまされず、本当の仕合せとは何かをしっかりと見定めている人であったことが、この話からもうかがえます。妙秀の考えをもう一度言えば、

> 身の貧なる事は苦しからず。富貴なる人は、慳貪にて有徳（大金持）に成《なり》つるやらんと心もとなし。
> 金銀など持参《もちまい》る嫁を尋ぬるは不甲斐なし、禍の基なり。
> 金銀を宝と好むべからず。
> 夫婦の仲互いに大切ならば、いかほど貧しくともたんぬべし。

これが妙秀の人を観る目の柱であったのです。

そしてこのような見方をしたというのも、妙秀の生きた代には、いやあのころばかりでなくこれは今に変らぬことでありますが、とかく慳貪、すなわち欲深く、無慈悲、吝嗇《りんしょく》にて富貴になった者多く、富貴な者は慳貪なのではないかとまず疑わねばならぬためしが、あまりにも多くあったせいでありましょう。

そのことを実際に示す話が、灰屋《はいや》紹益《しょうえき》殿の書かれた『にぎはひ草』という書物に出ているゆえ、より道になるが話しておきましょうかの。

十

灰屋紹益殿は、光室の弟光益、正直正路の人といわれた光益の子に生れ、灰屋の家に養子に出された方であって、祖父光甫とは六つしか歳が違わず、ともに鷹ヶ峰にて光悦の傍らにあって光悦より茶を習い書を学んだ仲ゆえ、一族の中のだれよりも光甫はこの紹益殿と親しくしておいででした。紹益殿も、今の世に茶の道の奥儀をきわめているのは空中斎光甫一人かとまでいわれ、祖父を非常に重んじていられた。光悦のことを何よりも崇め、『にぎはひ草』の中に何度も光悦の逸事を語っておりまする。『にぎはひ草』は紹益殿の書かれた本阿弥のもう一つの『行状記』と言ってよいでしょうが、その中には『行状記』にはない話も多く、これもそういう珍しい話の一つであります。

京に住んで光悦が長く親しくしていたある商人の話で、私にはそれが誰かすぐわかりましたが名を明かすにも及びますまい、当時このような人が富貴の家には多くあったとだけ知ればよい。大事なのはその人にたいする光悦の態度であります。

京の町に何氏の何某という、知らぬ者とてない富裕な大家があった。家富み、眷《けん》属《ぞく》も多く、権勢ある者の前に出てもちぢこまらず、さすがに都の者にて豪儀なものよと人々も噂しあっていた。

この男が、風雅の道にも志があったのか、なぜか若いころから光悦にとくに懇《ねんご》ろにつくすので、六十を過ぎるころまで、光悦がこの者と親しく付合うこと、子孫にたいするにもまさるほどであった。とにかくそういう付合いがながく続いた間柄であったのだ。

さて、いつの年の暮であったか、大晦日に、光悦はその家の近くにいったので立寄ろうとしたところ、門から庭のあたりまでびっしりと、夥しい人が立てこんでただごとならぬ有様、中に入れそうにもないほどであった。長年親しくして来た家だが、こんなことはそれまで見たこともなかったゆえ、何事が起ったのかと光悦は驚愕し、顔色を変えたまま裏座敷のほうにまわって、言う言葉もなく茫然としていると、そこへこの家の亭主が挨拶にまかり出てきた。

「今日はどちらへお出掛けでございましたか、さてさてよくぞお出で下さりました」

　と言って、召使いの者にもてなしの仕度を言いつけ、

「一段と寒い日でござりますれば、まず炉へなぞおよりくださりませ」

　と誘ったけれども、光悦はまだ胸を押さえてものも言えない有様であった。

　亭主がいったん奥へ去ったとき、ちょうどそこに日ごろこの家に出入りしているなにがしという禅坊主がいて、光悦のお相手をしようと近寄ってきたので、光悦がひそかに、

「いったいこの家に何事があったのでありまするか。かようなことがあろうとは年ごろ思いもよりませなんだ、いかなる大事があったのです」

　と尋ねたところ、禅坊主はにやりと笑って、

「こんなに人が立てこんでいるので、さぞや驚かれたことでありましょう。これはこの家の家風でありましてな、毎年いまごろになるとこういう有様になるのでございますよ」

光悦がなおもふしぎがって、それはいかなることかと尋ねると、

「これは、一年間この家に物を売りに来た者どもを、こうして一度に集めておきましてな、大晦日の夜半近いころになって初めていっせいに支払いをいたすのでござる。なぜこのようにいたすかの仔細は、とてもあなたさまのような方には思いもよりますまいが、これで大変な徳分のあることでしてな」

つまり禅坊主は、一度に大勢に支払いをすれば、多少は勘定が合わずとも人は受取って帰らざるをえない、と言うのであった。

それを聞くと光悦は顔色を変え、すっと立って帰ろうとしかかり、亭主が出てきてたって引きとめようとしたが、一言も言わずに帰ってしまった。

正月になってこの者が光悦のもとへ新年の年賀に訪れても会おうともしない。手紙が来ても返事も書かない。そして二度とその家のあたりには近づこうとしなかった。

のちに一族の者との茶のみ話にこう語って聞かせた。

「あの者は年ごろ大変懇ろにしていた者にて、四十年以上の付合いになろうが、ああいう心の者とはつゆ知らなかった。わが目の見えなかったこと残念でならぬ。そ

もそも人はだれでも正月を迎える用意に、あらかじめあれこれ物を買いおいて祝う仕度をしたがらぬ者はいないであろうに、大晦日の夜半まで待たせて支払いをなすなど、どれだけの人を困らせ恨ませていることであろう。あのようなことをしてはいつか必ずその報いを得よう」

そう涙ぐんで語ったということである。

『行状記』にはないこういう珍しい話を紹益殿は書いていられるのです。『にぎはひ草』は祖父光甫が亡くなった年に刊行された書物ゆえ、紹益殿は祖父の言い忘れたことを思いだして記されたのかもしれませぬが、この話などもその後一族のあいだに語り伝えられたものの一つで、私も耳にしたことがござります。

聞いたがとおり、富貴な家であるにもかかわらずまことに慳貪なあざとい行いをして、貧しい者たちへのわずかな支払いの中からまで利を生もうという、浅ましい心掛けの者がいたのです。富貴な者にはまず疑いの目を向ける妙秀なら、あるいは初めからかような者に近づかず、近づいてもたちまち正体を見破ったことであったろうが、光悦はおっとりとした大度《たいど》の人なれば、商人を疑うこともせず、風雅の人とのみ信じこんでいたのであった。初めて見た男の家の騒ぎに驚かされたとき、うらの座敷につと通って物も言えぬほどただ驚き呆れていたというようなところに、光悦の繊細な人となりがよく描かれております。祖父は家に伝わる話をそのまま正しく伝えようと努めたのでしたが、紹益殿は御自分の覚えているところを自由に書かれたためでありましょう。もとより筆の立つ人のことでもあるゆえ、話がまことに生き生きとしております。

　つまり妙秀はかような心根の者を同じ時代にあまた見て、つくづく「あさましいことよ」と歎かれておいでだったのです。さようなふるまいを人の道にそむくこととして強く憎んでいられたのです。だからこそあのように潔癖すぎるほどに、道ならぬふるまいの者を斥けなされたのでした。

　それがわからぬと、たとえば『行状記』の次の話などは合点がいかぬかもしれませぬな。

一　何の某とかいう男、侍の娘を嫁に取ったのであったが、女が子を三人生んだあと疱瘡にかかって見目《みめ》悪くなると、それを理由に離縁してしまった。初めのころよりもっともっと大切にすべきことなのに、といって人々はその男を見限ってしまった。

一　光悦の弟に宗知という者があった。この男京中で知らぬ者とてない大正直者であったが、いま申した妻を離縁してしまった者と、その後もときどき会って付合っていることを妙秀は聞きつけると、

「世に隠れもない畜生と付き合うような者は、その者も畜生である。そんな子はわが子ではない」

と言って即座に勘当してしまった。

人々が、これはまたあまりと言えばあまりのことではありませぬかと口々に言うと、

「自分もまたそう思うけれども、わが方には一類の多いことであるからして、中にこのような人の道に違う者があってはならぬと思うゆえに、あえて見せしめにしたのであります」

と言って改めようともしなかった。

また、本妻が歳とって老いてくると男は妻を思う心の薄くなるのが世のつねだが、

だからといって気随気まま放埒のかぎりをし、成人した子供の思惑も恥じず、本妻に悲しい思いをさせ、人の道理も知らぬような者がいると聞くと、妙秀は、
「さようの者は必ず疎遠にするがよい。人の道理を知らぬ者には必ず災難が来よう」
と言われたことであった。

私もこの話を聞いたときは、妙秀のあまりのはげしさに思わず身ぶるいしたものでありました。まことにはげしい、断乎たるけじめをつける人でも妙秀はあったのです。それも元はといえばわが子が、理不尽に妻を離縁した男とさらに付合いつづけているというそれだけの理由で、「世に隠れもない畜生と付合うような者は、その者も畜生である」と言って勘当してしまったのです。

戦国乱世が収まったばかりのそのころ、世は男が勝手放埒をして女子を泣かすためしが数多くあったのでありましたろう。妙秀がさような男のふるまいを見て深く憤っていたことは、話の後段の言葉からも知れますが、されば妻が疱瘡にかかって見目悪くなるとただちに離縁してしまったような薄情な男には、日ごろさぞかし腹のにえか

える思いをなされたに違いありませぬ。よほどに深く怒っておいでだったのです。人びとはその者を見限ったと記されているが、その人びととはまず妙秀であったのでしょう。だからその者といまだに友として付合っている宗知は、わが子とはいえ、さような者と心を通わせあえるということだけでも許すことが出来なかったのでしょう。私はわが先祖妙秀のこのきっぱりとしたけじめのつけ方は、人としてまことにみごとなけじめのつけようであったと思いますよ。

光悦が商人のあざといふるまいを知ったあと二度と男を近づけなかったことと思い合わせると、宗知の態度はやはり劣っていると言わねばなりますまい。同じ親から生れ、あのように行きとどいた育てられようをして、なおかつ成人すれば宗知のようになる者もある。むずかしいものでありますのう。宗知はこれ以後二度と一族に戻ることはありませなんだ。

十一

祖父がなにゆえに一族の話の中でもとくに妙秀の話を、物語を始める最初に語られたか、追い追いにそなたたちにもわかって来たでありましょう。さよう、妙秀のこの心掛けこそ、その後本阿弥の家の者たちのなすべきふるまいの掟になった、あるべきようの手本になったからです。そして光甫は一族が鷹ヶ峰を離れるという危機のときに当って、これからの子孫、つまりそなたたちにこういう心掛けでわれらは生きて来たのぞと伝えたいがために、心根の大事に関わる妙秀の逸事をまずは語ったのでありましょう。

一　昔大火事のあったとき妙秀の婿の一人の家も類焼して焼けた。召し使っていた女が、ただいま土蔵にまで火が入りました、と帰ってきて歎くと、妙秀はそれを聞いて「さてさて嬉しや嬉しや」と言う。光悦がかたわらにあって聞き咎め、「何ということを仰せられるのですか、人の聞こえもありましょうに」というと、「いかにもそのとおりです。が、もとはといえば、この者の先祖は無慈悲けんどんの者で、わずかの金を貸してはよい物を質に取り、金を返済して質物を受けとりにくれば、あれは日限が過ぎたのでよそへやってしもうた、などと嘘偽りを言って返そうとしない人であった。その道具の持主は、質から出し高値に売り払って妻子を養おうと思っていたのに、そのものを取られ、いかに困惑しようとも、むごく戻そうとしなかった。かように、人の宝を奪ってわが物にし、高値に売りわたし、さようにして何につけても欲ふかく貯えておいた財宝が、あの蔵の中にあったのです。あんな財宝のあるうちはいずれ災難に遭うであろうと、私は明けくれ心苦しく思っていたので、いま蔵へ火が入ったと聞き、嬉しさのあまりなんの弁《わきま》えもなく言い出してしまったのでした、ゆるしてくだされ」と言ったということである。

富貴な者にたいして妙秀ほどの用心をしていてなお、このような家に嫁にやってしまう誤ちのあったことが、この話からも知れますな。が、妙秀の娘ならば長女法秀は尾形道柏の許へ、次女妙光は光徳の許へ嫁したのであるから、婿といってもこれは一族の女のだれかの婿でありましょう。それにしても人の道にそむいて富貴になった者への妙秀の嫌悪はよほどに深く、それがこのような火急のさいにふと表に顕れてしまったことがよくわかりますのう。慳貪にて富貴になるくらいなら貧しきがよしとする妙秀の思いは、ときに富貴そのものへの嫌悪となり、清貧への憧れになったかと思われるほどです。

一　だれかが死んだあとに借銭が少し残っていたと聞くと、妙秀は、さてさてその子供は目出たい身上を譲り受けたものよ、冥加があるだろう、と言うのがつねであった。その心をきくと妙秀はこう答えた。

親心というものは身分の貴い賤しいにかかわりなく、わが身のことはつめても、子にはできるだけ多く譲り残したいと思うものである。まして心いたらぬ者で、わが身に着たい物も子供に着せ、また珍しい物があれば自分は使わないで子に与え、老い衰えて見苦しい姿になるまで田舎遠国を回って人に諂《へつら》い、金銀を少しでも多く蓄え持とうとするのは、これもみな子供に譲ろうとしての一心からである。さればそのような親から譲りを受けるのは、まるで親を剝ぎ、親の喉をしめ、親に恥を与えるも同然ではありませぬか。

人の子たる者この道理をしっかり心におさめて、分に過ぎて親の譲りを受けた人々は、ますます孝をつくさねばならぬのです。親の死んだあと、富貴の身のくせにこれぞというほどの仏事もなさず、一生の恩を忘れて、親の忌日ばかりに、さして聞こえもない僧を一人二人たのんで、お義理ばかりの仏事をいとなむような者は、心のいたらぬ限りである。人は必ずみずから香花を献じて供養し、慇懃に給仕するがいい。

また、親が借金を負うたまま死んだのは、子に譲るべき物をゆたかに遣いこなしたからである。また、親が苦にして持っていた借状を受けついだ子は、仏神のお恵みあって、天命に叶う生涯を送ったのを、自分は数々見たことである。されば返す返すも、親が深く蓄えおいた金銀を譲り請けることは、おそろしいことなのですよ、と妙秀はつねづね申していたことであった。

貧しいのをよしとするこういう考え方は、なかなかわれら凡愚の者にはわかりかねるところがありますが、私はかねて祖父よりこういう話を聞いたものです。

それは、根っから貧しく、貧しい暮ししか知らぬ者は、心に余裕がないゆえむやみと物を欲しがるものである。金銀はむろんのこと、衣服でも食べ物でも田畑でも、なんでも今までより少しでも多く得ようと思い、得れば離さず、たとえ人に貪欲、慳貪といわれようと、名のことなぞかまわずひたすらただ物を得ようとし、所有が多ければよしとする。

これにたいし持つということを知った者には、貧しい者の苦しみも知らず、多いが上にも多く所有したがる者もむろんあり、それがふつうではあるけれども、しかしまた中には、持つがゆえに物を持つことの恐ろしさ、物ゆえに人の心の歪むこわさをよく心得た人もある。本当に清貧の貴さを知る者はそういう持てる人びとである。いずれにせよ、所有に飢えている者は清貧の貴さを知らない。そういう者はどこまでいっても貧困の召使いであって、貧困の主人とはなれない。清貧とは貧困の主人であることなのだから。

清貧とはたんに貧しいことではない、たんなる所有の欠乏ではない。それはみずから望んで所有を少なくし、己れ一人持つことを恥じ、持てるものをひとしく人にわかち与え、身のまわりを能うかぎり簡素にして、持たざることの中にかえって心のゆたかさをたのしむことの出来る者のことである。真に心のゆたかなる人とはかような人を言う。茶の道の極意もまたそこにある。

われらが祖父光悦も、その母妙秀も、さような心持の人であった。妙秀も、光悦も、清貧の中にあるゆたかさを知る人であった。が、そうなったのは、持つことがいかなることかを知っていたからできたのでもある。清貧のありがたさは、貧困ばかりの中からは生れない――これがむずかしいところであろうかの。

『行状記』の妙秀の段を書き記しているうち、私の不審にたいして祖父はそのような話をなされたのでありました。

祖父光甫の住居もまた、みずから語られたとおりであって、不足谷の草庵はおよそ物というほどの物もなく、質素をきわめた中に清らかな誇りのあるふうであったゆえ、私には祖父の申されることがすぐに納得できました。物がないことがかえってそこに住む人の姿をきわだたせているのであったからです。物を持つとは物に縛られることだということを、私は祖父の生き方をもって目のあたり教えられていたのですから、ありがたいことでありました。

十二

さて、これまでの物語からでも妙秀というお人の人柄、物の考え方、生きる姿はおおよそわかったでありましょうが、最後にその人となりの輝きだすような話を二つ、祖父はしめくくりとして語られたのでした。

まずは光悦が名物の肩衝《かたつき》の茶入れを買った話ですが、これはよほどに子や孫にひろく語り伝えられた話であったらしく、あの日允上人殿もこれについての話を手紙に記されております。その手紙の写しを持って参ったゆえ読んで進ぜましょう。

一　小袖や宗是《そうぜ》茶入れを、光悦金三十枚にかひ申候。まけ可申《もうすべし》と被申《もうされ》候へば、いやと申候。家を十枚にうり、二十枚はかり候てかひ申候。三十枚いたすへき茶入れを安くかひ候は、いつはりに候故、実を立申《たてもうしし》根性に而《て》候。

此事を京中にて、気ちかいと申候。権現様は御ほめ被成《なされ》候。左肥前殿、銀三百枚被下《くだされ》候へ共、光悦不申請《もうしうけず》候。妙秀御悦《およろこび》候。

まことに簡単ながら話の骨子はきちんと記しておいでになる。小袖屋宗是という者が持っていた茶入れを、光悦は天下の名物と見、ぜひにも欲しいと思ったが、金がありません。宗是は光悦の困っているのを知って、値をまけて進ぜようと言ったが光悦はきかず、家を金十枚で売り、それでも足りぬ分二十枚は人に借りて、その茶入れを買った。金三十枚の値は充分にする茶入れを安く買うのは道にそむくことであると言い張って、あえて言い値の三十枚で買ったのです。

その話を聞いて、京中の者は、これは銭金の損得勘定ばかり考える人たちでありましょうが、光悦はバカだ、と言いはやした。権現様だけが、いさぎよいふるまいであるとおほめになった。加賀の前田利長殿が、その茶入れをぜひにも譲れと銀三百枚で買い求めようとされたが光悦は譲らず、そのことを聞いて母の妙秀は大変によろこんだ、というのです。なんとも気持のいい話ではありませぬか。

同じ話を祖父のほうは、こんなふうに語ったのでした。借金してまで買ったことは、こちらには抜けていますが。

一　小袖屋という者の所持にかかわる瀬戸肩衝の茶入れを、光悦は大いに気に入って、黄金三十枚で買い入れた。本阿弥の家は、加賀大納言利家卿がまだ御小身の時分から、光悦の親光二に御扶持を下さるなどして大変懇ろにしていただいている家柄ゆえ、光悦はそれを手に入れるとさっそく、茶入れに茶を入れ、伏見へ持参して、御子利長卿のお目にかけた。利長卿は御覧あって、さてさてよい茶入れを見つけ出したものかな、と仰せられ、お茶をきこしめして一段と御機嫌の御様子であった。

さて、御覧に入れて光悦が帰ろうとすると、横山山城守殿が書付けを持って現れ、白銀三百枚を下されようとした。茶入れを買い上げようというのである。が、光悦はお断り申して請けとらなかった。家老の方々が口々に叱られたけれどもきかず、これはおかげをもって年来貯えおいたもので買い求めたものでございますれば、と言って決して拝領しようとはしなかった。

暮方に帰宅して、殿様には大変御機嫌よろしうございましたと親に報告をし、さらに、銀子を下されようとしましたが、と言いかけたところ、妙秀は話を聞きもあえずに、そなた、その銀を拝領申したか、と咎めた。そこで光悦が事情を段々に説明して聞かせると、次第に機嫌がよくなって、「ようこそお返し申しあげた。もしその銀子を拝領いたしたりしたら、その茶入れはすたれものになって、そなたは一生茶の湯をして楽しむこともできなくなったであろう、よくぞお請けしないで来ました」と大変な悦びようであった

ふつうの女ならその反対を言うであろうに、女の智恵としてはまことに奇特な申しようであった。

この茶入れはその後まもなく嫡子光瑳に与えようとしたけれども、光瑳は、「私

には家督を下されたのでありますゆえ、これは妹にやってください」というので、妹婿に与えたことであった。この茶入れはその後子孫の代になって、竹越殿がとくに御所望にて、黄金二百枚で譲りうけることになった。

光悦の前田家におけるふるまいといい、帰ってから事情を知った妙秀のよろこび方といい、まことに気持のいい話で、この母子の日ごろの心掛けのほど、本阿弥の家の風が目に見えるようではありませぬか。

実際には家を売り払い借金までして買い求めた茶入れであるのに、「おかげをもって年来貯えおいたもので買い求めた」と言い張り、権門が金にあかせて買い求めようとしても譲らなかったのです。光悦が商人ならば、何倍もの利に目がくらんで一も二もなく譲ったでありましょうし、また父光二以来の前田家との深い関係を考えるなら、ここで献上しておけばむこう様もそれを徳として今後のためによかろうと考えたことでありましょう。しかし光悦の心は利にもなく恩顧の思惑にもなかったのです。

光悦は茶の道に心を遊ばせる者としてその茶入れを天下の名物と見、よい物を手に入れたよろこびを共にしようとして、前田殿のお目にかけただけでした。それは金銭とも恩顧関係とも別の、まったくの茶人どうしとしての世界であります。そこに銭金が関われば茶の心は泥にまみれる。さればこそ妙秀は、

「もしその銀子を拝領いたしたりしたら、その茶入れはすたれものになって、そなたは一生茶の湯をして楽しむこともできなくなったでありましょう、よくぞお請けしないで来ました」

と言って、光悦のふるまいをほめたのであった。妙秀もまた道に遊ぶ心のありようを知る人であったのだ。

光悦が一生金銭などに関わらぬ、利害得失などに心をわずらわせたことのない人であったについては、紹益殿も『にぎはひ草』にこう記している。

　光悦は、よをわたるすべ一生さらにしらず、若かりし時より、物の数を合するもののたぐひ、おもしかるしとしるもののたぐひ、一生我家のうちになし。金銀手にのせたる事、昔、加州の大納言、直《じか》に判金を給《たまはり》ければ、手にとりていたゞきたると覚たり、其外《そのほか》一度も手に持たる事なし。

「物の数を合するもの」「おもしかるしとしるもののたぐひ」とは、そろばんとか秤のことであろうし、さらには一分一厘でもおろそかにせず、すべて計算ずくで行う商人の道をさしておろうが、そんなものとは生涯かかわりなく、金銀をじかにその手に取ったことさえなかった。むかし加賀の大納言利家卿がじきじきに判金を下されたときやむなく受け取ったことがあるだけである。さようにおよそ利害得失とは別世界の高い境界に生きたお人であったというのです。そしてそれを尊しとされたから紹益殿はわざわざ筆に記されたのであり、この心根を紹益殿も祖父光甫も、さらには本阿弥の家に生れたほどの者は失わぬように心掛けたのでありました。

いうまでもなく本阿弥の家業は刀の目利き、研ぎでありますが、目利きとは恐ろしいもので、なんでもない錆刀の中から正宗だの来国次《らいくにつぐ》だの直江志津だのといった名刀を見つけだすことがある。扱い方次第では数百金というような大金を目利き一つでうみだす折のいくらもあるものにて、決して人をだますの、ひっかけるのということをしないで、正しいやり方でそうなることがしばしばあるのであります。が、そのような場合でも、たとえ間違ったことではなくともそれをしないのが、わが本阿弥の家訓でありました。利害得失よりも、なによりもおのれの真正直なこころ、天地神明にかけて恥じぬ心のありようをこそ重んじたのでありました。

　またこの話からも本阿弥の家が加賀の前田家と深い関わりのあったことがうかがえましょうが、光二、光悦の代から本阿弥は、前田利家卿、その弟君利常卿、利長卿、さては重臣の富田景政殿、中川光重殿などと親しく、加賀金沢は利家卿のころより茶の湯、謡曲を好んだお家柄ゆえ、家業の刀ばかりでなくその道でのお付合いがあったのです。

　さて、この話についで妙秀にまつわる逸話の最後の話をいたしましょう。妙秀という人がどのようなお人であったかが、くわしく、目のあたり見るかのように出てまいります。

一　本阿弥の一類は大方が光二・妙秀の孫、曽孫である。もともとそうである上に、みな妙秀の人柄に恐れをなしていたから、大いに重んじて、われもわれもと競って孝をつくしたものであった。そんな次第で大勢の子孫の者ども、田舎の土産、時服など、たびたび献上したのであったけれども、妙秀はそういうものを貰うと、時を移さずにみな裁ち切ってしまって、帯・えり・頭巾・手覆《おお》い・帛紗《ふくさ》などに仕立てて、大勢の人に与えるのがつねであった。

　小袖をさし上げても、もはやばばが袖を通すこともあるまいからよしなしと言われ、さらばと銭をじかにさし上げると一入《ひとしお》悦ばれた。そしてその銭にていろいろさまざまな物を山ほども買って置いて、家を持つ者には箒、ちり取、火打ち箱、火ばしまたは硫黄・ささらの類をとらせ、六尺、草履取りには、わらじ・こんごう（堅固で破れない丈夫な草履、金剛草履）を、女には糸・綿・鼻紙・手ぬぐいをとらせ、また厚紙を買い求めて手ずからよく揉んでおいて、菜売り・乞食・非人をもまねきよせ、寒い時節にはこれを背にあてるがよいと言って大勢の者に与えたのであった。なんの弁《わきま》えもない者たちに向っても、親を大切にせよ、気遣い苦労をかけるな、嘘を言うな、そうすればいずれ冥加があろうぞ、と教訓されていた。

　妙秀は九十歳にて死んだが、死んだあとを見ると、唐島の単物一ッ、かたびらの袷二ッ、浴衣、手ぬぐい、紙子の夜着、木綿のふとん、布の枕ばかりで、このほかには何も残っていなかった。

私が妙秀という先祖に心から頭が下がるのは、この話あるによってであります。信長公に直訴したり、人殺しを助けたりということだけならば、胆の太い気丈なお方と言ってすませられようが、子を育てる話や、この話があることによって妙秀のお人柄が初めてはっきりと浮んでまいるのであります。

妙秀の子や孫は多く、それらは貧しくはない上に妙秀の人となりを恐れ尊んでいたから、みな妙秀によろこばれようと、こぞって物を持ってくる。しかし妙秀はそれらをことごとく散じ、一族の心の中心たる人の暮しぶりはこのように質素簡単なものと教えられるかのように、生きるに必要な最少限の物しか持っていられなかったのです。なんというみごとな生き方でありましょうか。

妙秀に人の生き方についてのしっかりした考えがおありだったから、こうなされたのだと私は思いまする。この世に貧しい者が一人でもいるかぎり、たとえおのれはいかに裕福であっても奢りは許されぬ、それは冥加に背く行為である、と固く信じていられたのだと思う。だからこそ、子や孫が自分にくれた物をすべて、自分より貧しい者たちに与えてしまわれた。それも単にくれてやるというのではなしに、その者たちの暮しにすぐ役立つようなものにして与えておやりになった。

しかも、みながともに少しでもゆたかに暮せるようにと物を与えられたばかりではありませんでした。御自分は、人が生きるにはいったい何が必要で、何が必要でないかを日頃とくとお考えになっていたのであろう、みずからの物としてはおよそ生きるに欠かせぬ最少限の物しかお持ちにならぬ。妙秀の死後身辺に残された物の少なさに人びとは驚き呆れたというが、これこそ妙秀がみずから選んで必要となされたぎりぎりの所有なのでした。

　これを見ると私には、妙秀があのように生きられたというその生き方の基には、さらに一歩進めて、こういうお考えがあったのではないかと思われるのです。というのは、世間の人はとかく、金銭でも物でも多く所有すればするほど人はしあわせになると考えているふうであるけれども、それは間違いである。むしろ逆に所有する物が多ければ多いほど心は物にとらわれる。物を所有すること少なければ少ないほどかえって人の心は自由に、ゆたかになる。と、そう考えていられたに違いないと、私には思われるのです。

　妙秀が富貴な人にたいして疑り深く、もしやこの人は慳貪のために富貴になったのではあるまいかとつねに疑いの目を向けていたことは、これまでの話からもわかりましょうが、そこにはおそらく、富貴であって富貴をそのままに受け入れている人の心映えについての疑いがあったのではないか。みずからが富貴であることを当然のこととしている人には、人間としてどこか足らぬところがあるのではないかと疑っていたのではないか、と私には思われるのです。

亡くなられたあとを見れば、残っていたのは、

「唐島の単物一ッ、かたびらの袷二ッ、浴衣、手ぬぐい、紙子の夜着、木綿のふとん、布の枕ばかりで、このほか何も残っていなかった」

という、これこそ身をもって示された妙秀の教えであったと思われるのです。

そして、この心持こそがこれからも一族の者の範とすべき心掛けであると信じたから、祖父光甫はこの妙秀の話をこの逸話をもって締めくくられたのではないかと思います。まことにみごとな生涯でありました。

この妙秀のいさぎよい美しい生き方はそのまま息子光悦にもひきつがれていたのです。紹益殿が『にぎはひ草』にこう書いていられる。

我身をかろくもてなして、一類眷属のおごりをしりぞけん事を思ひ、住宅麁相《そそう》にちひさきを好みて、一所に年経《へ》て住《すす》る事もなく、茶の湯にふかくすきたれば、二畳

三畳敷《じき》、いづれの宅にもかこひて、みづから茶をたて、生涯のなぐさみとす。

住宅といっても粗末で小さなものを好み、決して大きな邸宅を構えなかった。一ヶ所に定住することもなかった。ただ茶の湯の道だけは深く好んだので、どの家にも小さな茶室をつくり、茶を点てて生涯のなぐさみとされたというのです。

光悦といえば当時第一流の人であって、書は近衛《このえ》三藐院《さんみゃくいん》や松花堂昭乗《しょうかどうしょうじょう》とともに三筆といわれ、またあの絢爛たる色紙や歌巻のみごとさ、豪宕《ごうとう》な茶碗、あでやかな蒔絵作りから、とかく華やかな暮しぶりを思い浮べたくなりますが、その実際の暮しはこのように簡素なものであったのです。同じことを祖父も『行状記』のあるところに書いていられる。

一　光悦が身上に奇特な事多けれども、学びがたきことは、二十歳許《ばか》りより、八十歳にて相果て候迄は、小者一人、飯たき一人にてくらし申事《もうせしこと》なり。

祖父の暮しぶりがきわめてつましいものであったことは先に申したとおりでありま

すが、その孫の光甫までが「学びがたきこと」と言っているのですから、光悦の暮しが当時の名ある人びと一般の暮しようにくらべていかに簡素なものであったかがわかるというものです。

これをもってしても光悦は、母妙秀と同じように、財というものは持てば持つほど心を縛るものであって、かえって心の自由を失わせることを、肝に銘じて知っていたことが察せられるのです。「我身をかろくもてなし」ということこそ、かえって心の世界をひろくゆたかにすることを、身をもって示されたのでありました。あの乱世に長い生涯を、みずから実際にそのように生きてこられた妙秀や光悦なればこそ、そういう生き方にこそ真の自由とゆたかさがあることを、心の底から知っていられたのでありましょう。

祖父はこのことについてもこう言われた。

「もしわれらがなんとしても失ってはならぬ大事な財を数多く所有いたせば、必定それを守るがために人を集め蔵を建て武器をととのえるなどの要慎《ようじん》をせねばならぬことになる。利害ある人びととの争い事や訴訟沙汰にまきこまれもしよう。持つこと多ければ多いほど、必ずそのようなことになる。が、それでは物を持てば持つほど物に心を奪われ、わが心の自由は失われる道理じゃ。さようなことに心を奪われていて、どうして塵外の別乾坤《べつけんこん》にゆたかに心を遊ばせることができよう。さればこそわが祖父光悦は、住めば足るだけの家しかつくらず、物も持たず、それどころか秤だのそろばんなどさえ身の回りに置くことさえ嫌われて、能うかぎりわが身を軽くもてなされたのである。身をかろくして塵外の世界に遊ぶ、これが茶の心であると、身をもって教えられたのである」

先祖妙秀の心掛けはこのようにして、その子光悦へ、光悦から光瑳へ、さらにその子光甫へと、たしかに受け継がれていったのであります。

光悦も祖父空中斎光甫も、決していわゆる隠者、世捨人ではありませなんだ。むしろ何もしないでただ風雅をこととする人にたいしてはきびしい目で見ておいでであった。が、そうであるけれども、この世の富貴や栄達を願わず、むしろ斥けられて、心を塵外の世界に遊ばせることを尊しとされた点において、西行や兼好法師や、ああいう隠者と呼ばれる人たちの気風に近い人であったと、私は考えております。

そしてだからこそ、富や権勢を恐れず、さようなもので押してくる人たちにたいしては毅然とした態度で、強い気概を示すことができたのでありましょう。

巻三　光悦がこと

十三

　さて、きょうから話はようやく光悦のことになりますが、祖父光甫《こうほ》がこれらの物語を伝えておこうと決心なされたとき、わが一族の最も輝かしい時代を代表する光悦《こうえつ》がことを中心に考えておられたのは間違いありますまい。現に十三話にわたって妙秀《みょうしゅう》の物語を語ったあと、すぐにつづけて祖父は光悦の言葉を私に書き写させたのでありました。それも光悦が語った言葉そのものを、ひたすらそれを歪めることなく残そうと苦しまれながら、光悦の語る調子を出来るかぎり正しく伝えようとなされたのでした。

　それはたとえばこのような調子でありました。妙秀の最期を記した話につづけて、祖父はこのように語りだされた。

一　光悦は八十歳で死んだ。病で寝こんで以来、板倉殿御父子がたびたびお見舞いなされたが、これも木綿の夜着ふとんに臥ってっているのを御覧になって、いたく感心なされたことであった。

このように「これも」という言い方をなされたところを見ても、祖父が妙秀の死後に遺っていたのが、「木綿のふとん」であったのにつづけて、光悦もまたその母と同じような暮しぶりであったと語りだされたことがわかりましょう。私もまた書きながらそう思い、妙秀の話をしたと同じように光悦の話がつづくものかと期待していたのでした。しかしそれから先は祖父の語り口調はそれまでとまったく違うものになったのです。祖父はつづけてこう語られた。

一　周防守殿（板倉重宗）はそのさまを御覧あって、もはや今生のお暇乞いの時なれば、わが子阿波守に何にても遺言いたしくれよ、と仰せられた。それにたいしいなとも申さずに光悦がただちに申しあげたのは、伊賀守殿（板倉勝重）より二代都の御執権をなされて名人の聞こえ高く、この次はまた阿波守殿が執権になられるだろうと噂されていること、まことにめでたい限りであります。しかしながら、人の上に立って執権たること、これはむずかしいことでござりまする。

まず、これぞ武家の本領でありますから、ただただ一筋に武勇の心掛けをもっぱらになされ、明日いかなる事態が出来《しゅったい》いたそうとも、板倉殿が天下の御用人にてあるうちは心強いと、だれもが申し指《ゆび》さすようにお心掛け下されたい。が、それについて申しあげることがあります。

御家来の人々に深く情《なさけ》をおかけなされ、ことあらばよろこんで一命を奉らんと、朝夕かたじけなく思うくらいお恵みなされよ。つましくして国傾いたと申すためしもあります。いかほど正しい主人にても、少ししわいようならば、人は心を寄せるものでありませぬ。気心知れぬ恐ろしい主人にても、人々の分に過ぎて物を与える主人にはよくなつき、定めもきちんと守られるものであります。欲で釣るというわけではありませぬが、そういう心掛けが肝要かと存じます。

また、文武の道に覚えのある、諂《へつら》いなき浪人にお目をかけられ、お伽衆《とぎしゅう》になされて、古き物語などお聞きなされませ。人のよき噂、あしき噂もお聞きにならなくては、智恵も上るまいかと存じます。

光悦がそのように申しあげると、御父の周防守殿はお聞きになって、余がつねづね願うところもそれであると大層およろこびであった。そしてさらに、余がためにも一言意見を言うてくれと仰せられるので、光悦はこう申しあげた。

私が日頃見ておりますところ、公事場《くじ》にて公事人のなかには、憎さげな面つきをし、筋のないことを声高に言いつのって御前《ごぜん》と争う者がありますのに、さような者の愚かさをさえ一入《ひとしお》おあわれみなされ、ついに公事場で御前のお怒りの声を聞いたことがありませぬ。また、初めにお聞きになられたことよりも、公事人があとで申しあげることどもによく耳を傾けられる。何事につけこのようにとりはからわれるのでありますから、とても凡夫などではあらせられぬと存じます。ただ一つ私の心にかかることを申しあげれば、お食事を御養生の第一と思しめされ、ほどほどにとらせられることこそ、上様への御奉公になるかと存じます。このほかには申しあげることもありませぬ。

と申しあげたところ、一つ一つに合点なされ、「あとのことは必ず気遣いいたすな」と仰せられたことであった。

すなわち、光悦が板倉殿に乞われて御子息阿波守殿に申しあげた政道にたずさわる者のとるべき心掛けについての考えを、そのまま正しく伝えようとなされたのでありました。それも光悦が語ったそのままの言葉遣いで。

それからあとの話も同じであった。初めに光悦が臨終の床で板倉殿御父子に語った言葉を記したあとも、祖父は光悦の物語をすべて、光悦が板倉殿を初め要路の方々に語った言葉を伝える姿勢に終始されたのであった。御政道はどうあるべきかについての光悦の考え、古今の英雄にたいする光悦の評価、その他政事向きのことで光悦が何を思っていたか、さようなことどもばかりを。たとえばこの段につづけて祖父が語ったのはこのような話でありました。

一　またそれより以前、松平伊豆守殿が御上京なされた時、周防守殿が光悦を召し寄せられたので、初めて伊豆守殿にお目にかかった。そのとき周防守殿は伊豆守殿に「これが内々お噂いたしていた光悦でございます」と紹介なされ、光悦に「古き物語などお聞かせくだされよ」と仰せられた上に、また伊豆守殿よりも、「重ねてお逢いすることもむずかしいでありましょう。何事にてもわれらの心得になるべきことを、ぜひぜひお聞かせ申されよ」とのお言葉があった。さらに周防守殿が重ねて「たって」と御催促なされたので、「御両所がたってと仰せられるのでありますれば、しからば申しあげまする」とお断りして、忌憚なく語ったのはこういうことである。

「昔より私が見及び聞き及びますところ、いかほど威勢が強い人でありましても、代替りをされるか、または病気になられるかして、威勢の盛りは長いものではありませぬ。されば御威勢のさかんなうちに、後代まで万民の楽しみとなるようなことばかり急ぎとり図られ、小事は捨ておいて、やがて御威勢うすくなられたとき後悔なされぬようなしおかれるべきと存じます。万民が楽しむようでなくては、めでたい御政道とは申せませぬ。御法度の上にても、少し誉れのある者や老人などは寛大に扱われ、智恵の足らざることはお許しなさるべきかと存じます。武家の上では、ずいぶんと気随無礼なる人にても、少しでも覚えのある人はお許しなさるべきかと存じます。とかく慈悲深く穏やかであるのこそ誠の人間でございます。御両所様に向ってかようのことを恐れもなく申しあげるのは、まことに気違い沙汰でございますが」

そう申しあげると伊豆守殿は、「いやいや光悦一人こそ正気である」と仰せられ、「いつまでも息災にてあられるよう」とねぎらわれた。かような次第であって、光悦はまことにずいぶん推参者の冥加者だったのである。

光悦の身には奇特なことが多かったけれども、なによりも学びたいことは、二十歳ばかりより八十歳にて相果てるまでの間、つねに小者ひとり、飯炊きひとりにて暮したことである。

これはすなわちあの智恵伊豆と称された松平伊豆守殿に向って光悦が語った、御政道にたずさわる者の持つべき心掛けの話である。これはこれでもちろん、われらが先祖光悦は政事についても権勢を恐れず、思うところをこのように臆せず語ったかと、貴重な記録と申さねばなりますまい。光悦はいたってへつらいのきらいな人であったと祖父は言っていられた。いかなる要路の人といえども光悦に少しも恐れ憚る気持のなかったことは、この話からもうかがえるのである。

しかし当時十五、六の小娘であった私には、正直言ってこれらの話はむずかしすぎました。いずれにしろ私には関わりのない雲の上の事柄で、考えようもないことであった。だから私は祖父の言葉をそのまま書き写しながらも、祖父はなぜこのようにむずかしい話ばかりをなされるのであろうと、内心不満に感じていたものであった。それよりも、今の話の最後にとつぜん祖父が「光悦の身には奇特なことが多かったけれども」と語られたような、そういうはっきりわかる話をお聞きしたかった。私にはそういう話のほうがよくわかったし、面白かったのでした。

のちに灰屋紹益《はいやしょうえき》殿の『にぎはひ草』を読んで、やはりそこに光悦の最期のことが記されているのを見、祖父もこういう話ばかりを残して下さればよかったのに、とお恨み申したものであった。紹益殿はこう記している。

一　この持徳斎（光悦）は八十二歳の春まで生きていられたが、前の年の秋より患いつかれると、そのうちから座敷の中などなにくれと片付けておかれたものであった。

こういう話ならばよくわかりました。光悦のふだんのお心掛けのほどが、すっと胸に伝わってまいります。そなたたちにとっても同じでありましょう。

しかし祖父は、光悦のことは全部で三十五の段にわたって最も多く語り伝えられたのでありましたが、そこにあげられたのは、今も申したようにことごとく政事向きの話なのでした。私はいまになってみれば、その祖父の考えもわかる気がしないではありませぬ。祖父はこれもまた一族に残しおかねばならぬ大事な言い伝えと信じて、それゆえに語り伝えられたのでありましょう。そしてそのつもりで読めばこれはこれで大事な言い伝えに違いありませぬが、ただしこれはおとなにならなければわからぬことどもで、いまそなたたちに話してもいたし方あるまい。

わたしはなぜ祖父は光悦についての思い出をもっと自由に、思うままに語られなかったのであろうと、長いことふしぎに思っておりました。なぜならばわが祖父空中斎光甫こそは、一族の中で最もその祖父光悦の衣鉢を受け継いだ人といわれていたからです。茶の道については灰屋紹益殿ともども幼いうちから光悦じきじきの薫陶を受け、奥儀に達していたばかりでなく、焼物の道でも祖父の風を最もよく引きついだのは空中斎といわれていました。祖父の焼物は今も空中斎の作として世に高く評価されているように一流の域に達したもので、およそ芸道について光悦を最もよく知る人はわが祖父光甫をのぞいては一族になかったろうと思われるのです。

その人が光悦について思うままに思い出を記されたら、さぞ面白かったろうと残念でなりませぬが、私にはなぜ祖父がそうしなかったかの理由がわかるような気もいたします。

それはすなわち祖父がわが身を、家に言い伝えられてきた先祖の行状を次の世に語り伝える者、という立場に固く限られていたからであったゆえと思う。祖父の語り方からそのことがわかるのです。祖父は御自分の考えをさしはさむことによって、先祖よりの言い伝えを歪めるのを最も恐れたのでありましょう。だからこそ堅苦しいまでに、言葉遣いまでそのままに、言い伝えを正しく伝えようと苦労なされたのでしょう。

そのような次第であって、光悦のことで御自分の考えるところを最も自由に率直に語り残されたのは、光甫ではなくて灰屋紹益殿であったのです。紹益殿は『にぎはひ草』の一章をもっぱら光悦の話にささげているほど、光悦のことを多く語っておられますが、そこに書き記されたことどもはわが祖父光甫ともふだん語りあわれていたことであって、祖父もこれと同じ思いであったろうと思われるのです。『にぎはひ草』は、先にも申したとおり紹益殿の語るもう一つの『行状記』と言っていいものであるゆえ、ここではまずその話をとりあげるとしましょう。

私が最もうたれるのは、紹益殿が光悦を語るにつきまず最初に光悦の人となり、心映えについて、思うことの核心をずばりと語っていられる点でありました。紹益殿はこう語り出されたのです。

一　大虚庵光悦といえる者、能書であったことはあまねく世に知られているとはいえ、その生れ得たる心の趣は、余はいまは覚えていたこともあらかた忘れ、伝え聞くべき人もまたいなくなってしまって残念であるが、ともあれまた世にありうべき人間とも覚えぬほどであった。

まことに一筆で真をうがつとはこのことでありましょう。紹益殿は、天下に有名な光悦の書とか焼物とか蒔絵のことではなく、そんなものよりも何よりも、光悦において最もすぐれていたのは「その生れ得たる心の趣」であって、それはまさに「世にありうべき人」とも覚えぬほどであったというのです。私はむろん光悦その人をじかには知りませぬ。ただ言い伝えにこの人の人柄の大きなことを察するばかりでありましたが、紹益殿のこの言葉によって、光悦とはどのようなお人であったかがぴたりとわかったような気がしたことでした。

紹益殿はまずそう言ってから、今の世に聖人君子の道を学ぶ者の数は多いが、それは本当に聖人君子になるためではなく、ほとんどは世をわたる手立てとするため、出世のためであるように見うけられる。それにたいし光悦は世をわたるすべを一生さらに知らず、若い時より物の数を合するもののたぐい、おもしかるしとするもののたぐい、一生わが家に置かなかった。金銀を手にとったこともなかった、と先に言ったあの言葉がつづくのです。そしてさらに、これも先に伝えたあの、「我身をかろくもてなして」うんぬんのことがこれにつづく。

これだけでもう光悦とはどのような境界に生きた人であったか、その風貌のほどはあらかた知れることになります。光悦はさような世俗の事を遠くはなれ、ひたすら別乾坤に心を遊ばせる人であったことがわかるのです。「みづから茶をたて、生涯のなぐさみとす」と、茶の道がその塵外に遊ぶ手だてであったと教えられます。が、その茶の道でも道具に凝るなどということなく、ただの茶の心を味わうだけであったと、つづけて紹益殿はこう記していられるのです。

一　人の欲しがるような茶道具なども、一時は持っていられたことがあったが、やれ落すな、やれ失くすな、などと心配するのが面倒だといわれ、みな人にやってしまったので、あとで人が欲しく思うような物は一つも残っていなかった。けれども、新しく作られたものでも、なりふりすぐれてみごとなものは見つけて珍重されたもので、これも利休在世に近い代のことであったからだろうか。そのなりを好んで作り焼かせた茶碗などで今の世に残っているものも、かなりあるということだ。

先の小袖屋の肩衝の茶入れの話などからすると、ずいぶんと道具に執着した人のように見えますが、そうではなかったのですね。あれはおのれの眼識で見つけた道具に惚れただけの話であって、実際は執着する人ではなかったのです。「やれ落すな、やれ失くすな、などと心配するのが面倒」だと、よい道具類はみないさぎよく人に与えてしまい、人の欲しがるようなものはあとに一つも残っていなかったという。これもまた気持のよい話であります。光悦の物に心をとられることを恐れる気持、そんな物にかまわず茶の湯そのものを楽しみたいという気が、よくわかるではありませぬか。が、それだけであったらただ物への執着がなかった、所有に恬淡としていたというだけの話であります。光悦の光悦たるゆえんはそのあとの段に語られているのです。

――されど新しくいでくる物にても、なりふりすぐれて見事なるを見しりけるは……

評価の定まった伝来の古物ばかりがよいわけではない。今の世に作られたものであっても、見る目さえあればよいものはいくらもある。光悦はさような物を見出して、わが目でひとたびよいと判断すれば、古物に劣らず高く買って用いたというのですね。宗是の肩衝の茶入れをよいと見た時と同じことです。伝来の折紙の保証などよりも、市場での値などよりも、なによりおのれの目を信じ、自分が見てよいとしたものはよいと、信じて疑わなかったのです。信ずるのはおのれの目だけでありました。こういうところに光悦の、美にかけてはわれこそは天下第一という誇り高い一面が、おのずと鋒をあらわしているように私には思われます。

祖父光甫も『行状記』の光悦の段の一つにこれと似たことを、ただしこれは家業の刀についてでありますが、申しておりました。

一　名作刃物のこと、これは私方先祖よりの業体《ぎょうたい》でありますれば、目利きも仕り御所望とあれば折紙（鑑定書）も差し上げますけれども、古いものばかりがいいとは限らず、新作でも昔に劣らぬものはあるのであり、今後とても昔の名人に劣らぬ名人はいくらも出てくることでありましょう。そうでなくては千年も後まで、昨今値の高い名作は残らぬ道理であって、すでに天国《あまくに》などは私も見たことがありませぬ。たまにあっても大方偽物であります。当今の新身《あらみ》でも一条国広などは、後世には正宗、宗近ほどにも高く評価されるようになりましょう。そのほか新身でも名作が、これからあといくらも出てくるでありましょう。

惣じて刃物によらず何事でも、昔ばかり出来て此後出来ぬと申すのはいかにも不自由の論であって、決してさようなことのあるはずがありませぬ。今から千年ののちでも、刃物を初め何事によらず不自由はなかろうと存じます。ただ、今はさのみ珍重されておらぬ諸道具・陶器その他の物で、後代に値の上る物、今は値の高い物でも後代に値の下る物、いろいろあるということであります。いずれにしろ、天地造物の細工ほどすぐれたものは他にあるまいと思う。これをこそ神明と申すべきかと思うのであります。

これもまことに胸のすっとするような毅然たる物の申しようであって、刀の目利きにかけては拙者方にまかせられよという自信がおのずからほとばしっているのがうかがえるではありませぬか。ここでも光悦は、折紙なぞあってもいたし方ない、それよりおのれの目を信じられよ、折紙付きの古物ばかりがよいとは限らぬ、見る目さえあれば新作にも昔に劣らぬよいものはいくらも見つかるはず、と断言しているのです。光悦のこの、自信ばかりではない目のたしかさは、一条国広が今の世にいかに重んじられているかを見ればわかりましょう。

　大事なのは光悦のこの考え方であります。「惣じて刃物によらず何事でも、昔ばかり出来て此後出来ぬと申すはいかにも不自由の論にて」という、このところをしかと心得ねばなりませぬ。おのれの心を磨き、見る目を養うことが肝腎であって、世間の評価を鵜呑みにするなどとはまことにつまらぬことである。おのれがよいと見たものはよいのである。おのれを信じなくて、どうして美という姿の見えぬ世界、物差しのない世界のことがわかりましょうか、と申していられる。

「昔ばかり出来て此後出来ぬと申すはいかにも不自由の論にて」と、このように言い切ることができる心の中には、もし疑うなら自分がそれを作ってみせよう、というほどの気概が潜んでいることは言うまでもありませぬ。そして光悦の恐いところは本当に自分でそれを作ってしまうことでありました。伝来の茶碗をのみありがたがる世の風が気に入らねば、みずから土をこね釉《うわぐすり》をかけ焼かせて、後世これぞ光悦茶碗よと名物の評判高くなるようなものを作ってしまいます。従来世に行われている書風が気にそまねば、歳とってからでもみずから書を始め、同じ文字を何百遍何千遍でも繰返し修業して、世に光悦風と呼ばれる独自の書風を完成させてみせる。これはよほどにおのれに自信がなくてはかなわぬこと、言うまでもありませぬ。

紹益殿が「されど新しくいでくる物にても、なりふりすぐれて見事なるを見しりけるは」と書かれたのは、さような事柄を申されているのであります。さすがに側近くで光悦を親しく見ていた人の言葉と私は感服させられました。

このように考える光悦が、茶聖とされる利休についても、ただ崇めるばかりでなく、きちんと正すべきは正し、悪いところは悪いと申しているのもうなずけることであります。祖父が語られた話の中にもこういうものがありました。

一　利休は千金の値の道具でもつねづねの用に使い、茶道は炉風呂《ろふろ》という様式に改めて、行儀・作法・諸道具もみなそれに従うように定めた。かねてから「この道に執心するならば行住坐臥すべて茶の湯である。ふだんは粗末な道具を使っていて、炉風呂のときのみ珍器を扱うのは、寺院が年に一度秘仏を開帳するようなものだ」と言い、自身も日ごろから千金の道具を使っていられた。また禅学者ぶったところといい、その身の器量はたしかに名人ではあったが、いろいろ驕慢な面も多い方であったという。

道具についての利休の教えは一応は尤もな申しようながら、非常な悪風俗であって、その風は門弟へうつり、道具のない人はひそかに家伝来のよんどころない道具までも売り払って珍器を求め、教えどおりふだんから珍器を使うようにしていた者が数多くあった。そんな者は当然侍の家でありながら武備をおろそかにし、利休居士の門に入ったため、さような奢りによって身上《しんしょう》不如意になる者も出てきたといわれている。太閤殿下も利休の奢りを憎まれながら、その風は自然にわが身にもうつったことであった。これみな利休の教えようが悪いからである。が、この毒は今にいたるまで絶えていない。名人でもかような誤ちを犯すことがあるのである。茶を好んでも珍器にかかわってはならぬ。「道具はあるに任せ、いくらかでも余裕のある人はその身相応に道具を使うがいい」と、これは紹鷗《じょうおう》様の教えである。

祖父光甫が道具と申すときは、大抵は刀・脇指のことをさしておりましたから、ここにあるとおり利休の弟子で武家の者に家伝来の刀まで売り払って珍器を求める者が多かったのでありましょう。光悦は武家が本来の家業たる武備をおろそかにするのをよしとせず、板倉殿に伜のため遺言を頼まれたときも武家は何よりもまず武備をそなえられよと忠告しておりました。そういう考えであったゆえ、利休の弟子たる武家にさような者の出てきたことがよほど腹に据えかねたのであろう。さればこそ珍器でなければ茶の湯ではないとする利休居士にたいし、このようにはげしく非難されているのだと思われる。

「これみな利休の教えが悪いからである」

このように強い言葉で茶道の権威を堂々と批判した者が、光悦のほかにいたであろうか。光悦は、みずからが見てよくないと考えれば、利休のような権威でさえ、だめなものはだめ、といってのける自信をもっておいでだったのです。「道具はあるに任せ、いくらかでも余裕のある人はその身相応に道具を使うがいい」という紹鷗の教えをよしとしたことは、光悦の考える茶道からすれば当然のことであった。

十四

光悦はそのように道具などにとらわれず、茶の湯そのものをたのしむことをよしとされたのであって、茶の湯をたのしむとは、かれにあっては塵外の別乾坤に遊ぶことの謂《いい》にほかならなかったことが、この話からもうかがえます。そのことを最もよく理解していられたのは、やはり紹益殿であったように思われる。光悦が鷹ヶ峰の地を拝領して、その所でどのように心を遊ばせていたかを紹益殿は『にぎはひ草』にこう記していられるのです。前にのべた祖父光甫の鷹ヶ峰の所の有様を描いた文と、いかにも心持の通うところが懐しいゆえ、長いけれども読んでみましょう。

一　都の乾《いぬい》にあたって鷹ヶ峰という山があり、その麓を光悦は拝領した。わが住む所として一宇を立て、茶立所などしつらえて、都ではまだ知らぬ初雪の朝は、心おもしろければと寒さを忘れ、みずから水を汲み釜をしかけ、ほどなく煮え立つ音がしだすもののいとさびしく、都の方をうち眺め、訪《おとな》い来る人もがなと見やれば、松の梢の雪は朝の風に吹き払われて木の下かげにわずかに残るばかり、東は加茂の山、松が崎などはごく近く松と竹との境い目が見えるほどにて、比叡の山はこちらの山の上に麓までを見せて高く聳え、さらに一条寺の里、白川までも麓の方に見える。

これが雪のころならねば、有明の月が頂の山の端近くにまだ残る明方近いほどは、遠い方は霧ふかく麓の山はみな隠れて見えず、比叡の山もその湖のあなたにあるかとうち眺められて、横雲のたな引きいでるは、あれは誰の別れ路の眺めであろうかと思いやっては老いの心をなぐさめる。

京の方は巽《たつみ》にあたってうるわしく、朝夕の煙もにぎわしく立ちのぼって、都の空のかなたには、音羽山、稲荷山、深草山、伏見の里が空はるばると眺めやられ、遠い方には高い山あり、あれは春日山か三笠山かと、おしはかりながら見やる山々が四方に数限りなく見えわたる。

かような住居の軒ばの松になれた暮しなれば、年久しく生きて来た世の中のわざなどは一事も知らず、心にもない。それも我はそのようにするのだとわざとするのではさらさらなくて、それこそが光悦の生れついての心のいさぎよさなのであった。

そのころの世には同氏の一類は、人それぞれに茶の湯に心をよせぬ者とてなかったものを、いまは人もあさましく、茶の湯の心はふっつりと廃《すた》れてしまい、昔あった茶立て所も壊《こぼ》ちとられて跡かたも残っておらぬ。

いまその名を記した持徳斎は、八十二のとしの春までは達者に生きていたなれども、前の年の秋口に患いだしてよりは、座敷内をきれいに片付けおかれたりしたのであった。

また光悦の孫の中では法眼空中斎という者あり、これまた茶の湯を深く好むこと年久しい者であった。その家の業においては人並すぐれて世にも名高かったが、茶の道のことにおいても物ごとに見る目あり心ある有様であったのに、さような者とはあまり人に知られていなかったのは残念である。しかしながら近い代には、持徳斎と空中斎と、この二人をおいては茶の心を知る者はなかったと言ってよい。今後もあらわれようとも思われぬ。

だが、今はこの残った一人空中斎も齢《よわい》八十にあまり、余もまた七十を越えた。余はもともとこの一類に縁深い者なれば、このうちにてもほどなく茶の湯の道のことなど跡かたなく失われゆくかと思えば、はなはだ口惜しいことである。

いかがであろう、紹益殿が光悦の心にぴったりと寄り添って、所のさまを描きながら光悦の心根をみごとに描いていることが、この文章からも察しられましょう。世の俗事などは一事も知らず、心にもなく、塵外の世界に遊んでいられるさまが、目に見えるようではありませぬか。しかも光悦がそのようにしているのは、「それも我はそのようにするのだとわざとするのではさらさらなくて、それこそが光悦の生れついての心のいさぎよさなのであった」と、それこそが光悦という人の持って生れた心のありようであったといわれているのです。これをもってしても紹益殿が光悦に心服すること、いかに深かったかがわかりますが、敬愛こそが人を知る最良の道だとはこのことを言うのでありましょう。

ここにはまたわが祖父のことにまで触れていられるのが、私にはたいそうありがたいことであります。しかも空中斎を指して、今の世に茶の心を知るのは光悦とこの人のみとまでいわれる。祖父もこのように言われているのを知ったら以て瞑すべしと思われたに違いありませぬ。

　それにしても紹益殿がこの『にぎはひ草』を刊行なされたは、先にも申したように元和二年、本阿弥が鷹ヶ峰を返上してよりわずか四年のことでありました。そのときにもう鷹ヶ峰では、茶室も壊《こぼ》たれて跡なく、一族に茶の道をたしなむ人もいないと歎かれるほどの有様であったかと、私は読んで心の痛んだことであった。私はそのころはすでに江戸に出て来ていて、それ以後の鷹ヶ峰の有様はまったく知らなかったゆえ、なおのことこの言葉に驚いたのでありました。ましてや、幼いころから光悦になれ親しみ、傍らにあって茶の湯を教えられた紹益殿にとっても、鷹ヶ峰の失われたことはわが一族に劣らず深い心痛事であったのです。紹益殿はまた『にぎはひ草』の別のところで、これは光悦からじきじきに聞いた話であろうか、光悦が茶の道を習ったころの話が記してあります。

　一　台子《だいす》（正式の茶の湯に用いられる四本柱の棚。風炉、茶碗、茶入れ、建水などの道具をのせておくもの）の茶の湯というもの、いつのころからかむやみやたらとものものしく秘蔵され、秘密裡に伝授されるようになったものである。利休のあとでは織田有《う》楽《らく》、古田織部《おりべ》の両人がこの道をよく受けついでいるというので、当時世間で大変に重んじられていた。本阿弥氏の中では持徳斎（光悦）という者が、若年のころからこの道に深く身を入れ、ぜひとも奥儀を見覚え聞き習おうと心をはげまし、長年のあいだ両家へ足しげくたゆまず通っていたので、両所とも光悦にはとくに好意をよせられていた。

有楽斎は、年の始めの茶の湯はそなたの許でと言われ、元日ごとに数ヶ年、持徳斎の家を訪れたものであったし、両所の台子点前のうち、有楽斎はたびたび夜会の折にその作法を見せられたものであった。

また尾張の国に滝新右衛門といって、武野紹鷗《じょうおう》の孫にあたる者が召し抱えられていたが、持徳斎も同じ国主から知行を受けていたので、たがいに親しく付合っていた。その滝に向って持徳斎がかねがね、そなたの台子点前を伝授されよと責めたてていたところ、滝はあるときついに、

「しからばお手前こそ、その習い覚えたところを拙者に見せられよ。わが覚えたところと相違することがあれば、そこはこうここはこうとお教えいたそう」

という、そこで、さらばとただちに持徳斎が、さらさらと点てて見せたところ、

「拙者の習い覚えたところと少しも違いはござらぬ。さては織田も古田も、同じ田

地から出たものであったか」
と感歎するのみであった。
その後、堺にこの台子点前をよく受け継いだ者がいるという噂に、立本寺の東陽という人、これまた茶の湯に深く心を入れた人で、わざわざ堺まで出かけてその点前を見せてもらった。この者が帰って来て持徳斎に語ったところによると、持徳斎が伝授されたものと一ヶ所も相違するところがなかったという。ただ茶入れの蓋をとるに、人さし指で打ちかえし、裏を上にして置くところだけが違っていたそうである。

紹益殿は御自身も茶の湯に深く心を寄せられた人で、光悦亡きあと、この道を伝えるは空中斎と我とのみと思っていられたふしは、昨日話したところからもうかがえようが、さような方であったゆえ話がこまやかで、光悦の若いころの茶の道への執心のさまがよくわかる話であります。

これをもって見れば光悦の茶は、もと古田織部、織田有楽という、文中の滝なにがしがおどけて「同じ田地」といわれた両田氏、当時の双璧に学んだもので、とくに有楽殿のほうは「両所の台子、中にも有楽軒は度々夜会などにも見せ給ひし」とあるから、ずいぶんと光悦には親しくしていたもののように見えまするな。

私は前に申したとおり、たまたま祖父に命じられて遠い先祖の物語を筆記させられたことから、それ以後注意して年代のことなぞ調べるようになったのでありますが、その私の調べによれば、織田有楽殿は天文十六年の生れにて光悦よりは十一歳の年長にあたるが、この方は相当に波瀾に富んだ生涯を送られた方でありました。

織田信秀殿の十一男のお生れ、ということは信長公の弟君にあたり、かの本能寺の変で信長公が殺されたときは三十六歳であったが、信長公亡きあとの時勢の混乱を巧みに乗り切られ、秀吉公の御代になると甘んじてその臣となり、御咄衆の中に名を連ねております。北野の大茶の湯の折は、秀吉公の饗応を受けた一人でした。秀吉公没後は徳川家康公に身を寄せられ、関ヶ原の戦さには長子長孝とともに東方にて参戦、戦後はその功により大和に三万石を賜わりました。

この経歴を見ても、信長公の弟君という誇りがましくも危うい立場に生れながら、巧みに戦国の乱世を乗り切って身を全うしたところなぞ、なかなかに時勢を見るに敏な、己れを守るに聡いお方であったように見うけられます。が、それというのもおそらくは、生臭い政権争奪などにはあまり欲のない、武将というよりは茶人というにふさわしい方であったからでありましょう。茶の道の心をこの世の生き方に及ぼされた方であったと思われます。

有楽斎は大和に三万石を拝領してからは、それに満足し切ったかのように政争の場から身をひそめ、茶人一筋に徹しられたと伝えられています。博多の神谷宗湛《そうたん》、奈良の松尾久好《ひさよし》、さては千少庵、武野宗瓦《そうが》、古田織部、今井宗薫、片桐石州、千宗旦などという、当時の名だたる茶人との交りにもっぱらいそしまれたという。元和七年、光悦六十四のとしに、京の東山で七十五歳の生涯を閉じられた。この方は兄信長公のように歴史上に大きな名を残されなかったものの、これはこれで一つのみごとな生涯であったと思われる。おそらく若い時より政権争奪の血なまぐさい世を目のあたりに見、その愚かしさと悲惨とを身をもって知ったために、政事とは別天地に心を遊ばせる道を選ばれたのでしょうか。

これにくらべると古田織部殿の御最期は悲惨であった。古田殿も大坂の陣のときは徳川方に属していられたが、末子九八郎が豊臣方に属したため、織部殿はひそかに大坂方に内通したのではないかの疑いを受け、嫌疑にたいしいっさいの弁明をせず、元和元年伏見の自邸において自殺なされたのでありました。齢は七十一。

光悦はつまりかような人びとに茶を習ったのであります。この方々がどのように生きられ、どのような死に方をされたかを目のあたり見ていたゆえ、それについてどうお考えであったかがわかれば面白いが、さような言い伝えは残っていなかったか、祖父は何も申されなんだ。

十五

さて、『にぎはひ草』に紹益殿が記された光悦の風貌をもう少し話すとしましょう。何度も申すとおり、紹益殿はとくに光悦に昵懇にされていて、思い入れも深かったため、祖父が話されなかったことも記していられる。これもその一つで、光悦からじかに聞いた話であることは、その書かれようからもわかりまする。祖父の語ったのは家に残る言い伝えそのままであり、紹益殿が語られるのは御自分の直接覚えていられることどもで、その二つの微妙に違うところが私には面白うございました。

一　自分は幼い時より光悦のそば近くに侍って、なれ親しみ、老人の話を聞くことが面白くてならなかったから、何度も訪ねていったものであった。少しは物心がついた年齢になると茶のみ友達にもなって、私方へもしばしば訪ねてこられるようになった。老人の癖で同じ物語をたびたび聞かされたものである。

その中に、光悦が若いころ、きうじんという人がいたというのがあって、この話は、世の中の人の心の気高さや風流な心映えが話題になるたびに、何度でも何度でも言いだし語りきかせられたものであった。

しかしそのころは自分はまだ心の稚《おさな》い時分であったから、また同じ物語をはじめられたことよと思うばかりで、しっかり聞きとどめておこうという気持はさらさらなかった。だからきうじんとはどう書くのかも尋ねなかったのだが、この人が宗祇《そうぎ》の子孫だということだけは、たしかなことだと聞き知っている。

きうじんと申すその方は、そのころ八十にも及ぶほどの老人とお聞きしていたが、大変に心の気高くやさしい人で、今の世のならわしや人の心のありようをきらわれ、世に出て人と交わることもなく住んでいられるということであった。その人がある時光悦にこんなことを言われた。

「宗祇が東常縁《とうのつねより》より古今伝授をうけていたとき、聞いたことをその日その日に書き写し、聞き書を作っておいたものである。ずいぶんと沢山の量になったが、それを箱に納め封をしておいたものが私方にある。これは本朝第一の秘伝の物と言ってよかろう。自分はこの歳になるまで、大勢の人の有様を見聞きして、だれぞこれを伝えまいらすべき人はいないかと思いめぐらして来たが、ついぞこの人ならと思う人に出会えぬまま今日にいたった。けれどもそなたの心ざし、この年月じっと見て来たところ、歌の道を学ぼうとするのではないがその心に深く通じていて、仮にゆるし与えても神慮に背くことにならぬ器だと思う。伝授を得たいとはおもわぬか」

そう言われて光悦が、涙をおさえかね、忝《かたじけ》なくて頭をさげたまま物も言えないでいると、きうじんはさらに言われた。

「この古今伝授と申すもの、その器にあらざる者がこれを拝見すると、たちまち癩人となって、さらに頓死すること必定《ひつじょう》のものである。さればよくよく考えて決められよ」

さらにその実例をもあげて語られた。そこで光悦は、

「仰せはまずもって身に過ぎたことにて、私の心のうちは口に出して申しあげるま

でもなくただただ忝《かたじけ》なく、ありがたいことであります。けれどもその器になければ、たちまちに二つの神罰を蒙るとのこと、よくよく考えてお返事申しあげます」

と答え、家に帰って、つくづく思いめぐらし、その夜は一晩まんじりともできず、翌早朝きうじんの許に参った。どうしてこんな早朝に参られたかと尋ねられたので、こう答えた。

「さてもきのうはあまりにも情ないお返事を申して戻りましたため、夜一夜眠りもかねて、かくは朝早く参った次第です。この国に生るる者数知れずある中に、本朝第一の秘伝をお受けするとは身に余る忝《かたじけ》なさ、ありがたきことにて、よしやその値にいかなる神罰を蒙ろうとも、なんの苦しいことがあろうと、このことを申しあげに参りました」

するときうじんはほほえまれ、

「よい、なかなかよい、そのような心ざしを聞きたかったからこそあのように申したのだ」

と言われ、箱をとり出して、さらば、その箱を開けるときはかくかくのようにせよ、と作法を教え知らせられたのであった。

光悦は身をきよめ精進をして書き写し始め、宗祇が自筆で書きおかれたものを、一字もたがえず、紙の数、紙の体裁までもまったく同じに写しとどめて、また箱の中に封じ納めた。それを八十になるまで人に見せることもなく蔵しておいたのである。

これもまことによい話で「我いとけなき時より光悦そば近くなれて」と語りだすところに、おのずから紹益殿のお心持があらわれ、懐しくてならぬさまが伝わってまいります。老いた光悦が何度も同じ話を繰返すのを、「同じ物語たびたび也」と聞き捨ててしまったというのも、実際にそのとおりであったろうとほほえまれる。

わけてもその隠者めいた老人の名を光悦が、きうじんと語るのを聞いたまま、どう書くか字も聞かず、いまこれを書くにあたっても仮名でそのまま記されたところがよいではありませぬか。さらに光悦がその人から古今伝授を許されるあたりは、あたかも昔の剣の名人から秘伝を伝授されるような一種の鬼気迫る感じさえあって、光悦とはいかにもそのような人に見こまれて伝授を許される人品骨柄であったのだなと思わせられます。

世の中の人の心の気高さや風流な心映えが話題になるたびに、このきうじんという老人の話になったということからも、その八十に余る老人の世離れた気高い姿が目に見えてくるようでありました。あのころはまだこのような方が世を隠れてひっそりと住んでいられたのよな。しかもその人はあの宗祇の子孫だといわれる。

光悦がどうしてさような人と知り合いになり、その許へ足繁く通うようになったのか、そのことの書いてないのが残念に思われるが、和歌の道に心を通わせるうちそのような隠士を知るにいたったのでありましょうか。光悦はそこで「歌の道を学ぼうとするのではないがその心に深く通じている」者と見られております。よほどにその人柄と心ばせが老人の眼鏡にかなったものと見えまする。

そして老人から、もしその人でなく伝授を受ければただちに頓死するやも知れぬと脅され、一夜考えて、たとえそのために死んでもかまわぬ、伝授を受ける光栄には代え難いと答え奉るところもよい。このような心掛けでなくては道の奥儀は得られぬのでありましょう。

光悦はみずからは歌を詠まず、古今の和歌の心を学んだのであったが、その和歌の理解は歌よみに少しも劣らなかったことが、この話からもうかがえまする。光悦の色紙に書いた三十六歌仙の書があのように美しいのも、光悦が歌の心を深く知っていたればこそでありましょう。

この話にはさらに後日譚があって、そのことをも紹益殿は記しておかれた。

光悦は老人に古今伝授を許されたあと、その話を烏丸光広卿に話したという。光広卿は天正七年の生れで光悦より二十二歳年下、書道、茶道にすぐれ、ことにも細川幽斎直系の二条流歌人として知られていた方であります。書は光悦に師事していて、日ごろ親しくしていたゆえ、あるとき光悦はきうじん老の話をし、こう言った。

「実はその方の許に宗祇自筆の古今伝授がございまする。すでに非常な老齢であらせられて、これをどこへ参らせたらいいかと日頃それをのみ思い悩んでいらせられる。卿が深く御希望の由を申しあげたならば、あるいは献上なさるのではありますまいか」

それを聞くと歌道執心の光広卿は光悦を伏し拝んでありがたがった。

「それはそれは、さても夢とも現《うつつ》ともわからぬありがたいことを承るものかな。わが身に叶ういかなる物でもさしあげて、ぜひともその箱を申し受けたいもの」

と光悦の袖にとりついて泣かんばかり、物言うことも聞くことも出来ぬほど夢中になって頼まれるのであった。

「さほどまでに御執心でありまするか、ならば」

と光悦は答え、やがてきうじんの許に行ってその旨を告げると、なんということもなく、よろこんでそれを光広卿に譲られたのであった。のちに光広卿がこの箱の内を天子の叡覧に供したところ、同じ内容のものが宗祇より西三条実隆卿に伝えられていて、西三条より天子に伝授されていることがわかった。ただそもそもの宗祇直筆のものは、かくて烏丸卿の有するところとなったが、それはあとで天子に献上されたか、行方知れずになったという。

光悦が書き写した古今伝授のほうはその後長く本阿弥の家に秘蔵され、これがことについても紹益殿は書いていられるが、その話はまた別の折にするとしましょう。

いずれにしろこの話から光悦がそのころ京にてどのような方々と交際していたかがわかりたいへんに興が深い。本阿弥の家は昔より武家方の家々には深く関わっていたが、このように堂上衆や、和歌の学者や、絵師、焼物師などとまでひろく付合われたのは、おそらく光悦が初めてでありましたろう。そしてそこにおいても光悦はその「生れ得たる心の趣」によって人びとに重んじられていたことが、このきうじんの物語からもわかるのです。

十六

光悦が書を以てひろく世に聞えていたことは言うまでもありませぬが、祖父が語られたところでは光悦が書を始めたのは遅く、それまではごくふつうの商人様《よう》の手蹟であって、そこらの商人の手と少しも変らなかったということです。いつごろ一念発起して書を志されたのかわからぬが、先にも申したとおり初めは同じ字を何度でも何度でも繰返し書き、筆遣い、字の姿形、なり、厚薄大小の書きようによる味わいの違いなどを研究なされたといわれています。物事を習い始めると芸の底にいたるまで究めないではいられぬ性であって、またそれを必ずなしとげられたのはやはり天分と申すしかあるまい。

祖父が語り伝えた物語の中にも書についての話が一つあり、そこでは自分の書は何流というのではない、私流だと言っている。

一　私の手蹟をおほめくだされ、お手本を周防守様（板倉重宗）へ差上げるよう先年仰せつけられそのままうち過ぎておりましたところ、今般急ぎ認めよとの仰せにて、恐れながら御意のとおり認め差上げました。私の流儀は何流と申すものにてもこれなく、ただ私流であります。

ただし光悦がお手本を差上げたことは嘘ではこれなく、聚楽二十四町御掟書のうち、板倉周防守様御直筆の巻軸一巻、たしかに存し、ところどころ光悦様《こうえつよう》の書体にて、今につつがなく組の町々が十五日ずつあずかり、きわめて大切にしているところであります。

話のなされようからして、祖父が語ったこの段の前半は光悦自身の言葉、後半は子孫のだれかが書きつけた注であろうが、

「只《ただ》何流と申す物にても無レ之《これなく》、私流《わたくしりゅう》に御座候」

というところに、光悦の並々ならぬ誇りがうかがえるようであります。

家業の刀の目利きにかけても、茶道具の見立てにおいても、おのが目の見識をのみ信じる光悦は、書においてもみずからが工夫し完成させた書体をこそ美と信じ、それ

を「私流」という言葉であらわしたのでありましょう。私流はともすれば我流ということになりやすいものですが、私が私をこえて一つの完成されたものになるかどうかは、やはり天分というものであろうか。

ただ光悦がその私流にきわめて高い誇りと自信を持っていたことは、わが家に言い伝えられているこんな一つ話にもあらわれております。祖父がこれを『行状記』に残されなかったのは、自慢話ととられるのを懸念したか、あるいは真偽のほどが疑わしいためか、どちらかでありましょう。話というのは、
ある時近衛三藐院《さんみゃくいん》殿が光悦にむかって、「いま天下に能書というは誰とするぞ」とお尋ねになったというのです。むろん御自分が第一とされることを期待なさってであります。ところがそれにたいし光悦は、「先ず」と言って、それから「さて次は君、次は八幡の御坊でありますか」と答えたので、近衛公が「その先ずとは誰のことか」と重ねてただされると、「恐れながらそれは私のことであります」と申しあげたというのです。

先祖の手柄話なれば聞いても面白く、この話を聞くと誰もが笑ったものであったが、祖父光甫はこのような話はあまり好まれなかった。祖父はそれよりも光悦の謙抑《けんよく》を示

す話を記し残されたため、『行状記』にあらわれる光悦の姿は重厚で温雅な面に片寄っているやもしれませぬな。しかし私が思うに光悦は、おのがわざについては下手な謙遜をするほど自信のない人ではなかったろうという気がするのです。

　この話に出た近衛三藐院とは近衛信尹《のぶただ》公、八幡の御坊とは松花堂昭乗のことで、光悦とともに世に寛永の三筆と称されている方たちです。信尹公は光悦より八歳年下、昭乗はもっと若く二十七歳年下であって、寛永の世には信尹公はすでに亡く、光悦は中風にかかっていて慶長の頃の全盛を過ぎているゆえ、寛永の三筆というのは正しくないが、まあそれはどうでもよいでしょう。

　私などにこのような名筆の書をあげつらうことは出来ませぬが、素人目に見ても光悦の書はいわゆる光悦様《よう》という、文字の豊満な結構、ふところのひろがり、すっきりとのびやかな線、全体にいかにもたっぷりとした書で、金泥色紙に書かれたそれはまことに豪奢豊麗な感じがいたしまする。信尹公はそのような強いメリハリを避け、均一な筆遣いでのびやかに書いていられるように思われます。松花堂は若いだけに光悦に学んだような書風とお見うけいたします。

　この三名筆の優劣など私にはわからぬけれども、光悦はその中で「先ず」自分が、と自負していたわけで、大変な自信と申さねばなりませぬ。

またわが家にこんな一つ話も伝えられております。これも祖父はとりあげなかった話でありますが。

ある時、近衛三藐院から急にお使いがあったので、光悦がいったい何事があったかと急ぎ参上すると、信尹公はすぐ光悦を御前に召されて、その手をきっととりあげ、「汝は、汝は」と声もあららかに言われる。光悦は思いもかけぬことであるから、「格別御意にたがうことをした覚えはござりませぬが」と恐れながら申しあげると、公はとつぜんからからと笑われて、「汝はなんとして、かくはよく書くぞ」と戯れて仰せられた、というのです。

衰えたりといえども近衛公といえば藤家の名門であります。先の烏丸光広卿といい信尹公といい、光悦は当代第一流の公卿文人たちとこのように親しくしていた、しかもその中でこの逸話でうかがえるようにきわめて高く評価されていたことが、これらの逸話からうかがえますな。が、このように親しく付合えば、そのころの公卿衆の内情の苦しさも当然ながら明らかに見えてしまい、貧ゆえに身を誤る堂上人の姿も見えて、そのことに光悦が心を悩ましていたことが、『行状記』に残されたこのような光悦の言葉からもわかるのです。

一　また公家方には大方はみなわずか三十石取と申す御身上《しんしょう》にて、さてさて恐れ多いことながら気の毒なことと存じ奉ります。されば諸商人も十人がうち九人は、公家方と聞くと鬼神のように恐れ、売り掛けをいたしませぬ。なにとぞこれもならせられようもあることかと存じます。ただ今では関白殿下を初めとして官職はすべて揚名《ようめい》の官（名目のみにて実質のない官）にて、政をなされることもなく、あけくれ歌を詠み、風流ばかりをもてあそんでいられる有様。小禄の公家衆に至っては、歌も詠まず、大方は強飲に酒をたしなみ、身分が軽いゆえにひそかに勝負事の場所に入りこんだり、あるいは貧しい売女ようの許に恥とも思わずなれ通って、はてはその売女を本妻に直さるる方々もあると内々に聞いております。これすべて貧しいことからおこることでありまして、さてさて笑止のかぎりでありますが、なにとぞ総公家衆にあてて三万石ばかりもおつかわしになったら、公家衆の行儀も直り、かつは禁裡様御守護も重くなるかと存ぜられます。

光悦の言葉として祖父が遺されたのは、先に申したように板倉周防守殿へか、あるいは幕閣の要人松平伊豆守殿へか、とにかく要人に尋ねられてその思うところを進言したものがほとんどでありますから、このような言葉遣いになっていますが、この話からも当時の公卿衆の置かれた悲惨な有様がわかるというものです。光悦は親しくそのさまを見ているゆえ、思いあまって三万石ばかりも差上げたらと進言申しあげたのでしょう。ただ公家衆を気の毒に思うからばかりでなく、その行状を苦々しく見ていたこともこの言葉つきからわかります。事実このころの公家衆のふるまいには目にあまるものがあったと、祖父も申されていました。

ともあれこのように、衰えながらもわずかに古今伝授に見られるような古典の教授、歌詠み、書などで公卿の面目を保っている人びとと付合い、痛ましいと思いながらも一方では浅ましいことよと光悦が見ていたことは、この話からも察しられます。一方に富み栄える商人衆があって、一方にこういう公家衆がある。その二つの世を光悦は身をもってともに見ていたわけです。そしてその中でどちらかといえば、貧しくとも風流の道に遊ぼうとする人びとのほうに、光悦の気持は傾いていたのでありましょう。

十七

光悦はその手がけるところ書でも焼物でも茶の道でも蒔絵細工でも、その道に入ればすべて天下第一流の名人となったのでした。代々刀の目利き、研ぎを家業として来た本阿弥の家に、どうしてとつぜんこのような天賦の才というしかない人物が出て来たのか、まことにふしぎと申すしかありませぬが、考えようによっては、あるいは本阿弥の家業なればこそ出たといえるかもしれぬと私は思います。

刀の目利きも研ぎも、あるべき刀の姿が心の内にありありと映っていてこそ出来るもの。刀のよし悪しを見抜くのも、おのが心の内に刀のあるべき姿がはっきりと映っていればこその話であります。それのない者はいくら刀をいじっていても名人とはなれませぬ。

光悦は書を始めればおのが美とする書のあるべき姿を、焼物を始めれば茶碗のあるべき姿を、それこそは人並すぐれた美感にてありありと思い浮べることができたのでありましょう。初めは手本があったとしても手本には泥《なず》まず、おのがよしとするところを究められて、たちまち「私流」のゆくべきところへと超えてゆかれたのではないか。そうとでも思わねば光悦のあの行くとして可ならざるはない業の完成は考えられぬのです。私は私なりにそのように考え、光悦というお人を作りだした基は本阿弥の家業のうちにあったと思うようになりました。なれどそれは言うまでもなく誰にでも出来ることではありませぬ、光悦の天賦の才あってのことは言うまでもないが。

　そのことの参考になるかもしれぬ話を、祖父は私に語られた。

　一　惺々翁《せいせいおう》（松花堂昭乗）は絵の名人であったが、あるとき自分（光悦）が新しく建てた小屋を見ると、

「やれ面白や、粗壁《あらかべ》の中に山水鳥獣あらゆる物の姿が見えるではありませぬか。前々から粗壁を見るごとにそう思い写したく思っていたのでありましたが、絵心のない人の所ではむきつけにそれを申すのも憚られ、遠慮していたのでありました。が、今はさいわい絵に理解のある大虚庵殿の家のこと、願うてもないよい機会であります、存分に写させていただこう」

　そう言われ、一泊して、一日中粗壁を見てはその中からいろいろな絵を写し描き、

そのいくつかを余（光悦）にも下さったことであった。

余も絵は少しは描かないではないが、なかなかその妙を得るまでに至っていないから、粗壁の中にあらわれた模様が絵のよい手本になるとは知らなかった。むろん昔から粗壁の中に絵の姿があると伝えられていることは聞き知っていたが、目の前で、惺々翁が描きとられるのを見て、疑いも晴れ、何事も上達をしなければ奥儀はさとられぬものよと、いまさらのように思い知ったことである。

しかし何事もその道を得ているかどうかはおかしなものにて、陶器を作る事では余（光悦）の方が惺々翁よりまさっている。といってもこれも家業として作っているわけではない。ただ鷹ヶ峰のよい土を見立てては折々に拵えているだけのことで、強《たっ》て陶器で名を挙げようなどという心はまったくないのであるが。

粗壁とは土壁の下塗りのことで、土に藁をまぜて練り、コマイ（細く割った竹）で縦横に編んだところへ塗りつけたものをいいます。その土が乾くにつれ、あるところはまだ湿り、あるところは乾いて白くなり、乾き具合の中にいろんな模様があらわれてくる。ふつうの者にはただのだんだら模様としか見えぬが、惺々翁という名人の目から見るとそれが山水鳥獣ありとあるものの姿に見え、いたく興をそそられたのでありましょう。

翁が見えぬものの中からさらさらと描き出すのを見れば、それが蝶になり猿になり、松になり舟になる。絵から逆に壁を見れば、なるほどたしかにそこに蝶が飛び、猿が枝から下がっているように見える。そのさまを見て光悦の感服するところが目に見えるようではありませぬか。

しかし光悦にすれば、翁がそこで行ったことは、自身が刀の目利きにおいて、あるいは書や焼物においてすでに知っていることで、さればこそ「何事も上達をしなければ奥儀はさとられぬものよ」の言葉が出たと思われる。そしてそれにつづけて光悦はこう語ったというが、これは祖父の語った言葉をそのままに伝えたほうが、光悦の言葉の凄みがわかりましょう。

一　是につき惺々翁と談ぜしことあり。書画何芸にても、天授といふものありて、いか程精《ほどせい》を尽《つく》しても上達群《むれ》を出る事、凡《およそ》出来ぬ物なり。けたい（懈怠）しては猶《なお》行《おこなわれ》ず。其外《そのほか》何芸にても、其法にからまされては却《かえっ》て成就せぬことも有《ある》ものとぞ。

どんなわざであれ、夢中になって研鑽し努力し工夫しなくては一流に達しられないこと言うまでもないが、むずかしいのは、では必死になって努力すればそれで上達するかというと、それが必ずしもそうではないことだ。やはり人には向き不向きというものがある。その道に向いている天授の才というものがあって、それなくしてはいかに努力してもその上達は群を抜くというところまでいかぬものだ、というのです。恐ろしい話ではありませぬか。

書画または何芸であっても、芸の道にはそれぞれに決りとなっている法というものがある――たとえば画なら松や竹や鳥や山水やの描き方、和歌ならば何流の歌の詠み方、書なら古人の書の臨模、茶の道なら台子の茶の法というように――そして初心のうちはまずそれを熱心に学びわがものとしなければならぬのはいうまでもないが、最後までその法にとらわれていてはかえってダメなのである。業が成就しないのである、おのれの独自な法をつくり出すところまでいかねば一流の芸とはいえぬのである、というのです。

恐ろしいような話ではあるが、これこそは一流の芸を究められた人の意見でありましょう。

光悦は天成そういう美感をゆたかに恵まれていた人であったが、それでも画の方面では惺々翁の域に達することができなかった。さればこそこの「天授といふものありて」という言葉に真実味がこもっております。画ではなるほど自分はダメだ、しかし書や焼物についてなら、と思うから「陶器を作る事は余は惺々翁にまされり」と堂々と言ったのであると思われます。

光悦のその書の美しさは、平安朝にはやった「ちらし書き」の面白さをわがものにして、さらに独自の光悦様《よう》にまで完成させたところにあると私には見えるのです。たんに平安朝の流行を再現したのではなくて、字に世人の考え及ばぬ大胆な大小厚薄の調子を与え、色紙面全体の調和をはかって書かれた。宗達殿の描かれた金泥色紙の上に、下絵と書とが両々相俟って一つの美の世界をつくりだすように、あるいは繊《ほそ》くあるいは太く、あるいは小さくあるいは厚く、全体が一つの画面となるように工夫なされた。それを見ると光悦は、痩よりは肥を、枯よりは豊かさを、薄よりは厚を好まれたように思われます。痩を書くのは肥の美しさをきわだたせるためであったと思われるのです。おおらかで、堂々としていて、四角ばらず流麗なものを好まれたように思われる。

それはなによりも御自分の考えていられる美の世界を、金泥下絵の上に和歌を書くことでつくりだされたからでありましょう。言うまでもないが商売っ気なぞまったくない。美をつくりだしたいというただそれだけの気持からなされたことです。光悦にあっては書でも焼物でも蒔絵でもなんでもそうでありました。

「陶器を作る事は余は惺々翁にまされり。然れどもこれも家業体にするにもあらず。只鷹ヶ峰のよき土を見立て折々拵え侍るばかりにて、強《たつ》て名を陶器にあぐる心露もなし」

そういう気持で、まさに遊び事のように、しかし遊びでもそこに全身全霊をこめて一つの世界をつくりあげるような遊びとして、なさったのだと思われます。だからこそそのつくるところが尊いのです。人に頼まれて書いたり作ったりするのは意に染まないのです。前に、板倉周防守殿に書の手本を差上げるようにいわれてなかなか果さなかったことを話しましたが、光悦は人に頼まれて字を書くのが本当にいやでならなかったようですな。さる人にあてたこんな手紙が残っております。

中納言様（前田利長公）のたっての御所望にて「剣尽《つるぎづくし》」を書いたところです。取《とり》次《つぎ》が古田織部殿と金森出雲守殿とあってはお断りもできませなんだ。悲しい哉、長生きするとかかる悲しい目をみることでありまするよ。

「剣尽」とは古今の名刀工の名を記したもののことで、加賀中納言前田利長公はなんとしてでもそれを能書の光悦に一つ書いてもらおうと願ったのです。が、光悦はこのような頼まれての揮毫をことのほか好まぬとの噂が高いので、策をこらし、光悦に関わり深い金森出雲守可重《よししげ》殿と、茶の師匠の古田織部殿とを中に立てて頼まれたので、いやいや書いたのがこの手紙となったのです。

これをもってしても光悦の書がいかに高く評価されていたかがわかりますが、光悦の書が尊いのはあくまでも、みずから興に乗って、一つの美の世界を作りだそうとしたからであって、これはいわゆる書家ではありませんでした。実用の書ではなかった。だからこそ、秀忠公の御前に急に参ずることになった折、土井大炊頭殿は奇貨居《お》くべしとばかり、光悦の断りきれぬ事情を利用して色紙を献上させたのでございましょう。茶碗についても似たような話が伝えられています。これも祖父がじきじき私に話されたことで、『行状記』には書き残されなんだが、名物「不二山《ふじさん》」にまつわる伝説です。光悦が娘を大坂の富家に嫁がせることになったとき、嫁入道具のない旨を断ったところ、先方では、嫁入道具なぞなにも要りませぬ、光悦殿の作られた茶碗一つ持たせてくだされればそれで重々《ちょうちょう》、と言ったというのです。そこで光悦が作って持たせてやったのが、あの名品「不二山」だった。その証拠に「不二山」の箱には今も光悦の娘の片袖だったといわれる裂地《きれじ》が入っているとのことです。

十八

きのうはどこまで話したのでありましたかな。そうそう、光悦が娘の嫁入りに持たしてやったのが、あの名物「不二山」だったという話でした。

この娘が誰であったかはわかりませぬ。光悦は初め光刹《こうさつ》の長女妙徳を妻に迎えたことは前に話したと思いますが、この人とのあいだには妙経という一子があったのみで、この子は幼くして死に、妙徳もまた慶長六年光悦四十二歳の年に没した。そして一説には「光悦若くしてその妻を失い、後ふたたびめとらず」とありますけれども、晩年近く妙通という人を迎えたようであります。その人とのあいだに六人の子女のあったことが「過去帳」に記されているゆえ、そのだれかであったか。が、一人あった男子は夭折し、ために片岡乗瑳《じょうさ》の弟治郎左衛門を養子としたのが、光悦の後を継いだ光瑳、すなわち祖父光甫の父上です。

「不二山」の話が出た以上、光悦の焼物のことにも触れておかねばなりますまい。光悦の茶碗といえばいまや大名物にて容易に手に入るものではありませぬが、あの肉厚で、こせついたところなぞさらさらなく、堂々とした気品にみちてごく自然な姿は、見るたびに光悦という人はかくあったかと思われるばかりであります。どれにもゆったりとした大きさの感じがあり、作為にみちたわざとらしい歪みなぞなく、すっくと立ちながら強く、おのずからなる気品はあたりを払うようです。王者の器とはあのことを申すのでありましょう。

その中でも最も気品高いのが「不二山」ですが、あれこそはまさに天下の重宝と言ってよい。そのほか私が見たのは、黒茶碗の「時雨」と「七里」、赤茶碗の「加賀光悦」と「毘沙門堂」「乙御前」などであったが、どれをみてもまことに力にみち、威があり、内からいのちの力が溢れてくるように感じられました。かようなものを作ったのがわが祖先かと思えばありがたいかぎりであります。まさにあの茶碗の作柄にこそ、紹益殿のいわれる光悦の「生れ得たる心の趣」がまざりなく輝き出ているように思われるのです。とても余技に作られたものとは思えませぬ。

光悦がいつから作陶を始めたのかはわかっておりませぬ。先に話した惺々翁についての話の中に「只鷹ヶ峰のよき土を見立《たて》て折々拵え侍るばかり」とある言葉が正しいとすれば、鷹ヶ峰を拝領した元和元年からあとのことと考えられますが、そのとき光悦ははや六十に近く、晩年の心遊びに作られたのでありましょうか。光悦はその数年前に中風を患い、手がふるえていたようであるから、養生をかねての手すさびに始められたのかもしれませぬな。それにしても、そのような晩年に始めながら、たちまちにしてあの気高い完成に達したとは、まことに信じられぬほどであります。美についての感覚がすでにゆるぎない域にまで達していたのでありましょう。窯は楽でした。

この楽焼のことについて光悦の語ったという言葉が『行状記』にあります。

一　楽焼の事。飴屋長次郎の親は中華の人であった。長次郎が陶物を焼きはじめたゆえ、初めは飴屋焼と申していたのであったが、天正十二年豊臣秀吉公が楽という字の印を与えられたによって、以後すなわちこれを姓として楽焼と申すようになったということである。いまの吉兵衛はいたって楽の妙手である。われらは吉兵衛に薬《やく》などの伝も譲りを得て、慰めに焼いているだけのことである。後世吉兵衛の作は重宝とされるであろう。しかしながら当代は先代よりも手許不如意の様子に見うけられる。惣じて名人という者はみな貧なるものである。

この終りの言葉はいかにも光悦の言葉のようで面白いと思いました。名人といわれるほどの人はただおのれの心に叶う仕事を手間ひま惜しまず作るだけで、金銭のことなぞかまわぬゆえ、どうしても貧しくなる。それを尊しとせられていたことが、この話からもわかります。

光悦がこれほど高く買った吉兵衛とは、名人ノンコウといわれた二代目常慶で、光悦が死ぬまで茶腕をつくったとすれば、かれが頼りにしたのはこの常慶と三代目道入であったにちがいありませぬ。土も釉も光悦が楽の家に頼り切っていたことは、かずかずの手紙からも明らかで、光悦は初めはおのが手すさびに常慶らから土をとりよせ、土をこねて茶碗を作り、釉をほどこし、楽の窯で焼かせてみたのでありました。

長次郎の焼物はロクロを用いぬ手捏《てづく》ねという、それまでの和朝には見られなかったやり方だったというゆえ、その点が素人の光悦には入りやすかったのかもしれませぬな。なにもないところから物の形を作るところに興を覚えられたか。そのようにして心の赴くままに作っているうちいよいよ興も深まり、工夫もし、もともと無から物を作ることにかけては天授の才に恵まれていた方ゆえ、長次郎でもなければ常慶でもない、あのような独自の茶碗の形に到達せられたのでありましょう。

光悦が作ったものはあくまで光悦の「私流」であって、それまでの決りきった茶碗の考えをまったく無視した物が出来上った。姿を第一にして土にさからっていることもあるため、窯割れが生じたものもありました。釉のかけ方も、専門の職人には思いもつかぬ独自のかけ方をし、それがかえって予想外の出来栄えを生んだのでした。そのようなものを作ってゆけば作るほどに新たな工夫も浮び、ますます深入りして、ついにはあれらいくたの名物が生れることになったと思われます。紹益殿が申されたとおり、それらはすべて「なりを好み作りてやかせたる茶碗」であったのです。

光悦の焼物についての手紙はどれもまことにたのしげです。見てごらんなされ。

ちやわん四分ほと
白土赤土御持候而
いそき御出可有《あるべく》候
かしく
正の十六　光悦（花押）
より
ちやわんや
吉左殿　光悦

これは常慶楽屋吉左衛門殿へあてた手紙で、茶碗四個分ほどの白土と赤土を急いで持ってきてくれと頼んだもの。これをみるとよほどに光悦は楽家と親しく、茶碗作りの工夫の面白さに熱中していて、しょっちゅうこんな注文を出されていたのでありましょう。またこんな手紙もあります。

一志ろき下地ちやわん三

此くすりの本。ちやわん下申候たゞし
上くすりいかにもかすかに
一所にとゞこほり候はぬやうに
一くろちやわん弐、かうハこ
弐《ふたつ》此方ニテくすりかけ
下申候　みな〳〵此度
御やき可有候　かま口
あけ御入候べく候われ〳〵ハ
来月二日に下申候　以上
卯廿五日　　光悦
たゑもんとの
参

「白い茶碗の素地三個、この茶碗の釉の見本を入れました。ただし釉はいかにもかすかに、一ヶ所に滞らぬほど掛けて下され。また黒茶碗二つと香箱二つは、私方で釉を掛けて渡しますゆえ、みな今度の窯で焼いて下され。窯口をあけておいてお入れくだされ。われらは来月二日に参ります」という。

職人衆にもわかるような手紙の書きようで、頼み方も一々くわしく指定し、だいぶんにもう焼物に深入りしているさまがわかりますな。職人衆のほうも光悦の作る茶碗の姿のよさ、釉の大胆な使い方の思いもかけぬ面白い上り具合に、光悦の指定どおりに選び、気を入れて焼いたのでありましょう。光悦はこういう物を作る職人と共同で仕事をするのが何より好きであったのです。金泥下絵の色紙に字を書くときは扇屋光達やその職人衆たちと、やはりこれと同じ仕事の中身にまで深く立ち入った手紙をやりとりしていたのでしょう。

このように楽の職人わざにおぶさりながら光悦が、あのような天下の重宝といわれる茶碗を作りあげたことを考えると、まことに「書画何芸にても天授といふものありて」と言った言葉の意味を、つくづく思わずにいられませぬ。

この光悦が没した寛永十四年に、わが祖父光甫は三十七歳にて、十五のとしに鷹ヶ峰に入って以来ずっと、二十二年も傍で祖父光悦の茶碗作りを見つめていたわけです。楽の家との使い走りもしたであろうし、祖父がたのしげに土をひねって茶碗を作るさまを見、それが焼き上ったときの出来栄えを、光悦とともにあれこれ口にしたでもありましょう。そのたび自分でも土をいじり、茶碗を作りもしたのでしたが。光甫はそのようにして光悦の生き方に最も親しく仕えた人であったゆえ、光悦亡きあとは一族の中で最も光悦に近い生き方をしたのでした。光甫茶碗として名高い「寒月」は、筒形の胴に大胆な月の形の釉抜けをしたつくりもので、光悦と同じ思い切った遊び心が感じられます。焼物のわざそのものは光甫のほうが職人衆なみのわざに達していたといわれます。しかし人柄の反映か、光甫の作には光悦のようなおおらかさ、大胆さ、力強さはなく、むしろ実直な味わいが濃いように思われます。

光悦は草創の時代の、すべてをこれから新しくわが手で作る世ののびやかな空気を代表するとすれば、光甫はすでに世は固まりすべてが定まってしまった時代に生きねばならなかった人であったことが、その茶碗からもわかるような気がするのです。

巻四　刀の目利きのこと

十九

これまでばばが申して来たこと、あるいは先祖妙秀《みょうしゅう》にふれ、あるいは光悦《こうえつ》にふれ、話はあれこれにわたりましたが、実はみな一つのことを子孫に伝えたいがために、祖父光甫《こうほ》の選ばれた話でありました。同じことというはほかでもありませぬ。人にとっての大事とは、外にある定規ではない、人様はいかにもあれ、おのれはこれを正しいと信ずるゆえにあくまでもこれに従うという、おのが内にある定規を尊ぶこと。それを妙秀も光悦も身をもって示されていることを知ってもらいたいがために、祖父はこれらの話を残されたのだとばばは思います。

妙秀は、人が何と申そうと、おのれはこれが正しいと信ずるゆえに、自分はこう生きるという手本を示された。人だれもが欲得にのみ従いがちな世にあって、慳貪《けんどん》にて富貴になるを恥じ、清貧を志とされて、そのとおりに生きられた。

光悦も母のその教えどおりに、身は軽くもてなして、物を持たぬことのうちにこそ心の自由が働くさまを、そのみごとな仕事によって示された。何の業であれ、おのれの美と信じるところを信じてつきすすみ、世間並をはるかに超えた芸の奥に達しられた。「私流」を究めつきぬけて、光悦の書、光悦の茶碗と、天下に尊ばれる高みに達せられた。

ともに大事にされたは、世の思惑などではない、おのれのみが知るおのが心の律であった。そしてそのことをこそ後の世の子孫に伝えねばならぬと思われたればこそ、わが祖父光甫は、鷹ヶ峰を返上するとほぼ決ったときに、私に命じてこれら先祖の物語を記すよう命じられたのだと思いまする。私は祖父の語るままに書き写しながら、次第次第に祖父のその志のほどがわかってまいりました。

光悦は天賦に恵まれた人であるからあれは特別、と思うのはよろしくない。光悦が書において、焼物において、心掛けられた心のありようは、本阿弥が家業たる刀の目利き、研ぎの業においてすることと少しも変らなかったのであります。向うところは別であっても、心は同じこととそう考えられたゆえに、祖父光甫は、まず妙秀がことを語り、ついで光悦がことを語り、つづけてわが家の業たる刀のわざについての物語を遺されたのでした。この順序にて話されたことも祖父の並々ならぬ配慮のほどはうかがえまする。

しかも刀の業は本阿弥の家業ではあり、光甫は紹益殿が「我家の所作は類にすぐれて」というとおり、とくにこの業にすぐれていた人であったゆえに、ここではただ先祖よりの言い伝えを記すにとどまらず、おのが思うところをも存分に語っていて、刀の道における奥義を伝えているのであります。それゆえここは祖父が水を得た魚のように最も生き生きと語られたところでありました。

一　妙山の弟に光室という者があった。本阿弥家（本家）の惣領であって、刀の目利きにかけては親の光徳にも劣らぬほどの達者であった。またその弟に光益という者がいて、これは大正直正路の者であって、織田有楽翁に学び茶の湯をもっぱらとしていた。これも家職のほうは光瑳につづく上手であった。さらに能書でもあり、法華経を五十部書写《しょしゃ》し奉ったものである。

光室は台徳院様（秀忠）に刀・脇指の目利きの御稽古を仰せつけられ、毎日二時《ふたとき》ばかりずつも御指南申しあげたものである。御稽古のときは、御座の間の次の間にも人を置かせられず、抜身の刀を御手ずから渡され、こちらからも御手にさしあげ申したのだからして、まことに以て冥加至極のことであった。

光室はまた大坂落城のとき秀頼公の御刀を尋ねだし、探しだして急ぎ二条城へ持参し権現様にさしあげたところ、ことのほかに御機嫌よろしく、その刀をただちに光室に下された。そして仰せらるるには、「大名どもに高直《こうじき》に売り払うがよい、が、その前にまず将軍様の御目にかけよ」とのことであったので、その足で伏見へ持参いたし、台徳院様に差しあげた。台徳院様はしごく御気にめして、みずからの御指料にすると仰せられ、白銀三千枚を下された。光室はこの拝領した銀子を、まず親の光徳に千枚差しあげ、いま千枚は親類、朋友、久しく召し使う家人、女わらべにいたるまで残りなくくばって、残りの千枚をわが蔵に納めたとのことである。

このように祖父が語られたのはまず、お城で台徳院様の御前にて中風に襲われ頓死した光室のことであった。

そなたたちも存じているように、本阿弥の家は、本家は光刹、光徳、光室とつづき、光室には姉妙山、弟光益があった。光甫の属する別家は、光二、光悦、光瑳、光甫とつづき、この光瑳の妻が妙山であります。光甫は刀の業について語りだすにさいし、まず光徳、光室、光益、光瑳というような名人上手が輩出して、一族の者がわざをきわめ競いあった、本阿弥の家の黄金時代の思い出から始めたのです。この時代にこれらの人びとはみな存命であり、若い光甫は親しくその人たちのわざを見ていたゆえに、なによりもまずその時代のことを語らずにいられなかったのでありましょう。光室が江戸にて客死したのは、祖父が二十六歳の時のことで、そのときの大きな驚きがまだ胸に生々しく残っていたのであろうか。光室がいかに台徳院様の信用厚かったかを語る口調は、なんとも誇らしげでありました。

祖父が刀の話にこうして金子のことをいちいちくわしく添えられたのは、刀というものは扱いようによって途方もない利を生むものであるゆえ、その金の入手の仕方、処分の仕方をも語っておかねば、いかなる疑いを招くやもしれぬと案じられたためと思われます。現にこの祖父の時代にはや、世に本阿弥と同じ家業の者多く、そういう者たちのあいだで本阿弥にたいするあらぬ中傷、誹謗が行われていたためであったからです。私も何度か、祖父光甫、父光伝が、世間のさようないやしい邪推を聞いて怒っていられるのを、この耳で聞いたことがあります。そういう背景があったことを念頭におかぬと、刀について語るとき祖父の口調がときに憤《いきどお》ろしげなものになることが納得できぬかもしれませぬ。祖父が、紹益殿の実の父光益についてわざわざ「これは大正直正路の者であって」と力をこめて言うのもそのためでありましたろう。ともあれこの時代こそ、本阿弥が家業たる刀のわざにおいて最もはなばなしく活躍もし、世に重んじられてもいた時であったのです。祖父は誇らしげにそういう話をいくつかまずなさった。次の話はほねばみという名刀にまつわる話で、これはいまは前文が欠けておりますが、私の覚えているところではこれもまた光室が市にて見つけだした次第を初めに語られたように思う。当時は戦国乱世の世が鎮まったばかりのことで、武将の用いていた名刀がそこらにいくらも見つかったときなのでありました。

一　このほねばみの由来を申せば、大坂冬の陣の時、秀頼公の御めのと子の木村長門守重成が、城の鴨野口の御門を開き、佐竹殿の備えに押しよせ、一番鎗を突っかけたときのことに関わる。長門守はさっそくに渋谷内膳という家老を討ちとったものの、さすが堅い備えなので早々に引きとった。そのさまを後藤又兵衛、真田左衛門佐幸村などという豪傑衆が内より見物していて、「古今無双の花鎗かな」と感じいったというが、このとき秀頼公が御感状に添えて木村に賜わったのが、このほねばみという刀なのであった。木村は翌る年の夏の陣に、このほねばみをさして五月六日討死にした。

権現様はこの刀を御覧になって、「これは秀頼公より木村に賜わった刀だと聞き及んでいるが、これを差していさぎよく討死にしたとは、かばねの上の面目とはこのことを申すのであろう」といたく感心なされていたと、光室が一族の者によく語っていたものである。

惣《そう》じて名将の御陣刀はみな銘物なものである。小笠原右近殿の昔話によれば、大坂の陣のとき陣刀には七千貫の義弘、指添《さしぞえ》には五千貫のはかた藤四郎を召されていたということである。それほどの銘物を御陣刀になされるとは珍しいことでございますなと申しあげると、こう仰せられた。

「武士の一大事は最期の時である。わが親と兄は大坂にて討死にしたが、自分は数ヶ所深手を負ったけれども仕合せ悪く生きながらえてしまい、今はいつ自然の事があるかと朝夕覚悟している身である」

余の人とは大いに違った御身分であるから、陣刀にいたるまでこの心得があるのである。自分は親しくしていただいていたゆえ、このような物語もなされたのであろう。

小松中納言利常卿は、ふだん佩《は》きでも銘物でなくては差されなかった。世にならびない銘物をかずかず所持されていた。

木村長門守重成、後藤又兵衛、真田幸村などという豪傑が出てくるのであるから、この話は書きながら私も娘心にわくわくしたものでありました。そのほねばみという名刀をわが祖先が扱ったと聞くと、縁のない長門守までが親しい人のように思われてくるから妙であります。同時に戦国乱世の武将たちのふだんの心掛けのほども、この話からわかるのです。

祖父はこのような銘物の話をするときはとくに機嫌よく、それは声の調子からわかりました。目はもうおぼろになっていられて、物の文目《あやめ》もよくわからぬふうであったが、生涯に見た銘物の刀の姿は心のうちにありありと映っているのか、それらの刀について思い出をいきいきと語ってくださったものであった。

その話をうかがっていると、およそこの国にある名ある刀ならみな御存じのように

聞えるので、

「本阿弥の家の者はみながみなそのように多くの刀を観ていたのでござりますか」

と私が尋ねると、祖父は悲しそうに、

「昔はそうであった、昔はそうであったが」

と仰せられたものであった。

刀の話をうかがっているうちに私にも、それが本当であったこと、またなぜそうであったかのわけがだんだんにわかって来た。たとえばそのことはこういう話からもわかりましょう。

一　光室は情ふかい人間であって、江戸へ下向の折海道筋であわれな老人や盲目の者に出会うと、路銀を与えたり、馬を傭ってやったり、川越人足をつけてやったりして助けてやったものであった。こういう心だての者だったので、一門の者たちもみな光室を親のように崇め尊んでいた。

一類の者たちが家業のことで国々から刀の御用をうけたまわったときは、一日のうちに十腰でも二十腰でもいやがらずに相談に応じてやり、次の日に極め札（刀剣などの鑑定書。小さな札に鑑定の結果を記す）や折紙（刀剣などの制作者や伝来、または由来を証明する鑑定書）を書き与えてやった。目利きの達者であった。一類の者たちが礼を言うと、

「わが方へ客から数百腰の刀をあずかったときも、おのおの方に頼んで鑑定してもらっているのだ。その上当方からは勝手に研ぎ・磨き・洗いなどの細工もお願いしている。刀を一腰研ぐのは幾腰鑑定するよりも骨の折れることであるから、なにも礼を言われる道理はない」

と言って少しも恩にきせなかった。

柔和で人をあなどらず、第一智恵がきわめて賢い上に、光徳という親、光悦という伯父を持っていることであるからして、一生のうち気随気ままにふるまったことなどなく、慎しみ深く、礼儀正しかった。年の初めには必ず一門の家々に年始の礼を申しにいった。そんな心掛けであったから、上への御奉公にも大いに精をつくし、御前にて患いだし、四十二歳で死んでしまったのである。

いまの惣領は性質がいいから、心掛けさえよろしければ光室のようになるであろう。

光室は日ごろから差料の刀・脇指など十腰あまりも拵えて置いて、さらにその鞘《さや》や柄《つか》にいたるまで自分で手がけ、入れる袋や箱までも人の手本になるように作っておいたものである。その中には吉光とか正宗もあった。誰の作でもよく出来たものを好み、よいものなら疵があったり刃の細いものでもさしていやがらなかった。金物の司《つかさ》としてはいかにもこうあるべきであろう。

本阿弥の家に生れた者は庶子であっても差料をいい加減にしておいてはならぬ。刀の錆びたのを差すなどもっての外である。

刀・脇指の拵えは人々の好きずきに任せてよいなどというのは、物を知らぬゆえに申すことである。

むかし信長公が利休居士に、なんでもよい、そなたの好むものを一つやろう、と言われたことがあった。利休居士なれば茶の湯の道具などを所望するかと思われたにそれは望まず、正宗の御脇指を拝領いたしたいと申しあげた。公はただちに長銘の正宗を下された。これは宗易正宗ともいって今も大坂にある。

利休居士がその脇指の拵えを光徳にたのんでこられたとき、居士は、これは久しく秘蔵していたものだがと言って、町でたまたま手に入れた旨の古鞘を緞子の袋に入れて出し、鞘も柄もこのようにしてもらいたい、と注文をつけた。

一門の者どもその話を聞き、町で見つけた古鞘をこれほど大事に秘蔵しておくとはさすがたぐいなき人でございますな、と噂しあっていると、そこへ光二が帰って来て、古鞘を手に取り、一目見るなり、「これは以前自分が作った鞘だ、たしか鳥喰国次につけた鞘であったはず」と言う。

そのときちょうど具合よく秀次公より鳥喰国次が研ぎに出されていたので、それなら折よくここにございますと、光徳が取出して差してみるとまさしくそれであった。

ただいまわれわれなどの作る鞘なり柄なりは、これをそもそもの手本にしているのである。

光二という人はこのように、目利きでもあれば細工にもすぐれた人だったのである。

むかしは象牙は非常に貴重なものであった。その大切な象牙が利休方《かた》にあったが、大きさはちょうど茶杓一本に足るかどうかというくらいであった。利休はそれを、光二に頼めば二本にしてくれるであろうと思い、光徳を使いに呼んで光二に頼みこんできた。そこで光二は工夫し、よい鋸を特別に拵え、挽き割って二本に削ってさしあげたところ、利休はことの外によろこんで、使いこんだ象牙の茶杓を礼にくれたのが、今もわが家にある。

　また光二が町でよい刀の鞘を見つけて手許においたのを、細川三斎公が所望されたこともあった。

　世の中の人々は馬の鞍、鐙《あぶみ》、面《めん》、鼓の胴などにのみ名人上手の作というものがあると思っているが、かように刀・脇指の拵えにも名人上手はあり、その多くは本阿弥の作なのである。刀のその身その身に応じて、金具も、柄も、鞘も拵えるのである。よく知らぬ者が拵えるとまるで借着をしたもののようになってしまう。

　そのような次第で、小堀殿、佐久間殿はもっぱらわれらを頼みとされ、片桐殿は、天下一といわれる家があるのにそれには頼まれず、武士の一腰をわけを知らぬ者に任せることはならぬと仰せられて、倅光伝に過分の扶持を下されている。何事につけても物の道理のわかった人は、それぞれの道の名人に頼まねばおかしなものができると仰せられている。今の若い人々の有様を見ると、かいもく物が判っていぬゆえに、きたない刀・脇指をぶざまに作りなしていることである。

先祖の中でもわけても名人上手であった光二、光室の逸話を語りながら、このようにして刀の道での心掛けはどうあるべきかについて教えているのです。この時代の張りつめた家の空気、一門こぞっての修業のありさまがよくうかがえる話ではありませぬか。刀の細工について先祖がどれくらい日頃から工夫をこらし、技をみがいていたか、またそういう本阿弥の名を慕って国中から名刀が集って来たさまがよくわかることです。そして光甫は一族のおとなたちのそういうきびしい修業の仕方、名人の技のすごさを見て育ったのでした。

けれども祖父がこれらの話をなされた時代には本阿弥の家の名も光二、光徳、光室、光瑳といった名人上手が多くいたころのような輝きを失っておりました。他にも多くの刀の家があり、その中には「天下一」といわれるほどの者もあったことが、片桐殿について語られた言葉からも察しられましょう。本阿弥は名門でありますが、新興の家に押されだしていたのです。

「何事につけても物の道理のわかった人は、それぞれの道の名人に頼まねばおかしなものができると仰せられている」

という祖父の言葉は、そんな方々が少なくなった世の風潮にたいする憤りから出ていることがわかりましょう。本阿弥の家では古格を守って、金具でも板でも鞘でも「刀のその身その身に応じて」拵えをする。光二が鳥喰国次に拵えた作りは、鞘だけになっても、利休居士の眼鏡に適うようなみごとな作りであったのです。光室は刀ごとに違う拵えを十腰もいつも用意しておいて、一門の者の手本になるようにしておいたのも、同じ心掛けからでありました。

けれども今の世は、赤鞘だの白鞘だの、刀の格におかまいなく派手で人目に立つかぶいた作りを好む者多く、またそれを注文どおりに拵える刀匠が好まれるのは歎かわしいかぎりであると、祖父はよく歎かれていた。それがここでも、

「今の若い人々の有様を見ると、かいもく物が判っていぬゆえに、きたない刀・脇指をぶざまに作りなしている」

という言葉になって出てきたのであった。

刀の細工・拵えの本格とはどういうことかの規範の失われてゆく世を、祖父は憤っていられたのです。

ではその刀の道の本道とはどういうものであるか、それを祖父はこんなふうに語ら

れた。

一本阿弥の家に智恵のある者はいなかったが、先祖に心掛けのよい者があったためか、その徳の余慶にて、今日まで神仏の冥加に適って参った。天命を恐れ、善悪の報い必ずあることを恐れるゆえに、非道を行わず、決して間違ったことをして来なかったのである。

わけても刀剣の扱いはわが家の一大事であって、その目利き穿鑿《せんさく》のきびしく厳格なことは、心に曇りあるような人には到底推量できぬであろう。その証拠は多くあるが、ここにいくつかの例をあげれば、

権現様（家康）がその御秘蔵の正宗の御脇指を、光室の父光徳に見せられたことがあった。これはむかし公方家の宝とされていたもので、足利尊氏公の添状がついている。最上家が代々重宝にしてきたものぞとわざわざ仰せられたその刀を、光徳が御前にて拝見すると、焼直しであった。それでその旨正直に申しあげたところ、なんとてさように言うぞと仰せられ、御機嫌よろしくない。そこで光徳がさらに、「尊氏公の添状があったとて何の用にも立ちませぬ。尊氏公には目利きであらせら

れたという評判もなく、なにより尊氏公のころには正宗はいまだ新身《あらみ》でございました」

と声高に申しあげると、慮外のことと思しめされたか、以後二度と御前に召し出されなくなった。

しばらくたってから倅光室を召し出され、親に大きに勝る者であるとのお言葉を賜わって、以後は光室が御奉公申しあげたのである。

どれほど諂《へつら》いのない者であろうと、上様が御秘蔵の刀と承っているのに、しかも御前にて拝見して、何の用にも立たぬ刀でございますとお答え申しあげられるほど潔い人は、めったにいないであろう。これが一ッである。

また本阿弥一門の者で、その身上《しんしょう》すっからかんになり、家屋敷を売り、借金取りに責め苛まれて、京都に住居できなくなった者があった。ところがその男があるとき珍しい刀を掘り出して来たので、一類の者たち大いによろこび、正宗であろう、ならば数千貫にもなろうかと、一同の判定はみないい見立てであった。そこで全員が集って鑑定の談合をしたところ、光徳が最終判定をして言うには、「今少し不足だな。中作と見極めるのが然るべきかと思う」とのことで、ついに中作ということになり、わずか三百貫〔注・元禄十三年〔一七〇〇〕の定めで金一両は銭四貫〕程度のものになってしまった。こんな残念なことが度々あったのである。

その場には一門の惣領光徳にもおさおさ劣るまいと思われる老巧の目利きたちがいて、その者たち十人のうち五人も七人もが上々作であると思うほどの道具だったのであるゆえ、たとえ今少し不足なところがあってもかたのとおり正宗と極《き》めてよかったであろうに、光徳には、これはたしかに正宗の打った刀であるともう一つ心にのらなかったから、正宗と極めなかったのである。こんなことが度々あったのだ。

このようにわれらが持ったときは上作と極まらなかったが、よその刀匠の手に渡って上作と極められ、数千貫の折紙をつけられたものもままあったのである。いささかでもえこ贔屓《ひいき》や偏頗《へんぱ》の気持があれば、半分半分と見えるものでもいいほうに極め、そうやって家屋敷を売らないですみ、外聞の悪くないようにして、妻子眷属までも悦びの眉をひらくようにしたであろうに、家の掟を固く守るゆえに、このようにしたのである。

今の世に刀・脇指の事に関わって世を渡る者たちのうち少しでも目はしのきいた者には、新身にいろいろ手をかけて古物に見せたり、銘のあるものであっても本来のその銘柄よりよく出来たものなら、銘を消し、本阿弥に見違えさせ、よい作に極めさせて、高値に売ろうと才覚する者もあると聞く。金貨銀貨の贋造にかぎらず、何事でも偽造をするのは曲事《まがごと》であって、罰を仰せつけられて然るべきであるが、刀については御穿鑿なさることもない。けれどもかような心掛けの者は、やがて必ずや天罰を受けずにはいないであろう。

今の世に刀・脇指の売買をする者の内十人に九人はスッパ（盗賊、すり、かたり、だます者）である。心するがよい。とろっとしていれば必ずたぶらかされるのだ。また、本阿弥に刀・脇指を見せると、自分が買いとろうとするものだからさんざんにけなすなどという者がいるが、これも盗人どものたわごとである。悪い道具を持ってきて本阿弥に見せれば、悪いゆえに悪いというだけのことである。だが、きゃつらはなんとかして人をたぶらかして刀を高直《こうじき》に売りたく思い、刀・脇指に不案内の人に目をつけ、相棒の悪党にいろいろなことを言わせ、本阿弥の名をかたって、本阿弥の家の者に見せずに売りつけようとするからさようなことを申すのである。

愚かで欲深い人は必ず鳩の飼い（口先で人をたぶらかして世渡りする者）どもにたぶらかされ、損をしては、本阿弥はけなすなどというのである。本阿弥がよい物をけなして身のためにするはずがあろうか。よい道具をけなしたりいたせば先祖の冥加に傷がつく。

刀・脇指を商う者は京中だけでも数百人もいる。もしよい物をけなしたりしたら、その者たちがただちに買いとろう。そんなところまで行かずとも、数十人もいる同業の者たちが買いとろう。

かように今は欲の道には兄弟仲たがいするような、義理をしらぬ世の中なのである。もし欲深くてぜひとも自分方に買い取りたいと思っているのなら、人がよう買い得ぬくらい高値をつけてでも自分方へ買いとろう。けなすわけがない。本阿弥がもし欲深くてわが方に買い取りたいと思えば、実際よりも道具をほめ、高い値をつけてわが方へ引取る才覚をする道理ではないか。けなすなどというのは智恵のうすい者の申すことである。悪人はわが心を定規にするから人を疑い誹謗する。善人もまたわが心を定規にする故に人を悪くはとらぬ。

刀を扱うについての本阿弥の心掛けのほど、その目利き穿鑿のきびしさのほどは、ここに残るくまなく語られていると思いまする。

権現様の御前でその秘蔵せられていた宝をニベもなくだめと判定した光徳は、むろんへつらうことのきらいな頑固で正直正路の人でありましたが、これは、およそ家業たる刀の道においては間違ったことは言えぬ、わが存念を正しく申しあげるのが天道であるというこの道にかけての高い誇りが言わせたのです。恐ろしいほどの覚悟であります。

ここにはまた一門の談合のさまが語られています。本阿弥ではおよそ目利きすべき刀があれば、折紙などのあるなしにかまわず、一門の者全部が集って、それぞれ手にとって仔細に検討し、思う存念を披露し合った。それが目利きの修業ともなり、目の肥やしともなったのです。そしてそのときに最終判断を申しのべるのが一門の惣領で、惣領にはそれに値するだけの器量と信頼がなければならず、だれもがその判断には従ったのでありました。

わけても名人光徳の目利きは、「光徳の極《き》め」と言って、何人をも承服させずにおかぬ権威があったといわれております。生涯に見極めた刀は数知れず、わけても正宗、貞宗、郷、左文字、藤四郎の目利きにかけてはこの人の右にでる者はなかった。さればこのときも一門の者たちは光徳の「中作とする」という判断に承服したものと思われるが、そなたたちによく考えてもらいたいのはここのところであります。

いったい何を定規として光徳は、その最後の極めをなされたのか。外にはどのような定規があるわけではない。たのむのは光徳が生涯に見て来た正宗の、極上作、上作、中作、下作と、同じ正宗でもそれぞれに出来合いの異なる刀の、その心に浮ぶ姿だけでありましょう。たのむのはおのれひとりの心の内です。見極めるとはおのれの権威、名誉、いのちを懸けることにほかなりませぬ。その最終ぎりぎりのところで光徳は、心眼をひらき、心を澄まし、おのが身にかけて「中作とする」と判断したのです。

人の行いを見極めるについて妙秀が、物を創りだすにさいして光悦が行ったことと、まったく同じことが、ここでも刀の目利きについて行われていたことがわかりましょう。刀を見極めるとは、本阿弥の家ではおのれを見極めることにほかならなかったのです。

光甫はそのような先祖のきびしい姿を見て来た人でした。しかし祖父が生きる時代には世はもうそのような、天地神明にかけて真実を見定める時代ではなくなっていました。金になると見れば少し危ういものでもいいほうに見極め、数千貫の刀として利を考える世になっていたのです。それどころか、新身を古刀まがいに仕立てたり、あれこれ細工をして少しでも高く、人をだましてでも高く売りつけようとする者たちの横行する世になっていた。

本阿弥が昔ながらのきびしい目利きを行って、ダメはダメと言えば、本阿弥は自分が儲けようとするからすべてけなすのであると、悪しざまに言われる世になっている。

祖父が憤られるのも尤もであります。

「今の世に刀・脇指の売買をする者のうち十人に九人はスッパである」

とは、なんというはげしい仰せられようかと私は驚いたが、それが実情であったのです。人の世の定規が狂ってしまっている。が、そういう世であればこそなおのこと、われらはみずからの心の定規を重んじ、それに従わねばならぬと、このように強い口調で申されているのでした。

二十

祖父はさらに御自分の世において起ったことどもを、このように語られたものであった。市井の商人に疑心があるばかりではない、古いお出入りの家においてさえ疑われかねない苦しい時代になっていたことが、この話からもわかりましょう。

一　われら一代においてさえ、手前へ買取れば数千貫の利を得べき刀を買わないで、多くの利を人に得させたことが幾腰もある。まして十枚二十枚のことは数えきれない。

さて、無実の罪ほど恐ろしいものはないぞ。わがことでもかつて加賀の国で、正宗の脇指をわずか判金十枚でわれらが買取ったという噂が流れ、太守の御不審を招いたことがあった。事情を知る本田房州、奥村因州の御両所がこのことを御笑止がられて、

「さような疑いをかけられるとは、太守のお気持がわからぬ。さような事は一切ないと、誓紙に記してお断り申したらどうか」

と申されたものである。が、そのときわしは申しあげた。

「それは近ごろ忝《かたじけ》ないお話でありますが、刀・脇指の事について僻事《ひがごと》しないとは、われらが先祖より代々誓言していることでありまして、なにもいまさら、事新たに誓うまでもありませぬ。われらが利徳に目くらむではないことは、諸国にて多くの

人があまねく知るところであります。

御両所もまだ覚えておいでであリましょう。中川宮内は今の八郎右衛門の親でありました。あるとき京の宮内の許へ加賀の国許から刀一腰届けられ、いず方へなりとこの刀判金六、七枚に片付けてくれまいかと頼まれたことがございました。けれども早々には片付け先が見つからずにいたところ、かさねて国許《くにもと》より、急に金子入用になったゆえ本阿弥に判金五枚にてぜひ引取ってもらってくれ、と強く頼まれたといわれて、伴八矢、荒木六兵衛、杉本次郎左衛門と、刀の持主の舎弟斎藤中務の四人が、私方へ使者に刀を持たせてよこされたのでした。

けれどもその刀、見れば見るほどみごとなものと存じましたので、ともかくまず研いでみた上で御返事いたしましょうと申して使者を返し、さっそく研ぎ立ててみたところ、これがことの外光室の目にかないました。光室の目利きで刀は義弘と判定され、判金二百枚の折紙がついて、只今は中川卿と申す方の許にあります。刀の持主は大方ならず満足され、いすかという口のゆがんだ早馬一頭、ならびに黄金十枚を拙者にくだされた。が、その折は前田利常卿より下されたよい馬がありましたので馬はお断り申し、金子一枚のみ研ぎ代として頂戴し、残り九枚は返上申したものであります。

われらが方へぜひ買ってくれといわれた道具でさえ右のような仕儀でございます。御扶持をいただいているこの国において、よき物を掘出して取るなどのことがどうしてありえましょうや。そればかりではござりませぬ。

佐渡守様が亡くなられて安房守様へ刀・脇指数多く遺されたとき、『この中の見《み》端《ば》の悪い分を売り払い、見端のよい道具に買いかえてくれよ』と安房守様が私方にお頼みなされたことがございました。ところが見れば右の道具は光徳が若きときの極め札、折紙がついたものでありました。研ぎ直しさえすれば、どれもいかほどにも値の上るものばかりであります。そこで研ぎ上げて売り払ったところ、判金、七八十枚分も高く売れましたので、その代金をそのまま安房守様に差上げました。すると、『代の上った分を取らないでよこすと申すのか』と仰せられたものであります。覚えておいででございましょうか」

さように申しあげたところ、御両所とも「申すところまことに尤もである」と仰せられ、誓紙のことは以後御沙汰がなかった。

さて、右の脇指の一件は、やがてその後御家中の平野弥次右衛門と申される仁が、その次第について書面を書いて利常卿に差上げたので、疑いはいっさい晴れたのであった。

わが身にかかったあらぬ疑いである。祖父にすればさぞや心外で憤ろしいことであったでありましょう。加賀の前田公といえば、先祖光二、光悦以来関わり最も深く、代々扶持を頂戴しているお家であります。そのような御家中でさえ、中にはあらぬ邪推をする者があって、それが噂となり、殿様にまで疑念を持たれる、そんないやな時代になっていたのです。というのもつまりは、その家にお出入りの刀商人にはさような者が多く、祖父光甫のように心の掟を固く守ってばか正直にふるまう者がいるなどということが、もはや信じられなくなっていたためでありましょう。

わが身をかばってくれる重臣にさえ、誓紙を出したらどうか、と言われた祖父光甫の心のうちが察しられ、私はこの話を記しながら祖父がいたましくてなりませなんだ。

世間の風潮が、昔からの本阿弥の家のやり方を危うくしているのです。これではやがて本阿弥の風もくずれる時が来るかもしれぬと、祖父が案じたのも当然でありました。刀についての先祖の心掛けをいまぜひとも伝えておかねばならぬとの祖父の思いが、書き記しながら私にもひしひしと感じられたことでした。次の話に光甫のさような心持が、とくに強くあらわれております。

一　江戸において松平安芸守殿の御屋敷に呼ばれたときのことである。御腰物奉行の今田四郎左衛門と申す御仁が、古鞘に入った錆刀を取出してきて、「国許よりこれを代金二枚にて払ってくれと頼んでこられたゆえ、方々へ見せたけれども、望む人もなくこの分では買い手も見つかるまい、どこぞへ払ってはくれぬか」と頼み事を申されたことがあった。

そこでわしがこの刀を見ると、間違いなく正宗である。そこで、

「よそへ出すにも及びませぬ、いかほどなりともわれらが高直《こうじき》にて買いとりましょう。が、あとで後悔申されますな」

と申したところ、その場にいた寺西将監、浅野数馬などと申す人々が興を持って、

「さてさて、そのほう殊の外に気に入った顔付だな、してこの刀いったい何であるか」

と尋ねられるので、

「正宗に間違いありませぬ」

とお答えするとみな一同に大変に驚かれた。

「このまま持って帰りますが、研ぎあがったら太守に召し上げられよ」

と申しあげ、われらは刀を持って京に帰った。帰って、研ぎあげて光温に見ていただくと、正宗との判に間違いなく、光温は判金二百五十枚という折紙をつけ、さらに正宗と象眼を入れられたことであった。それほどの刀であったのだ。

払ってくれよと向うで申された道具であるから、世の中のふつうの商売人であれば、これはもっけの幸い、天の与えた恵みと思って黙って買っておくであろう。が、われらはそうはいたさぬ。いたさぬが、これはなにもわれらが特別の善行でも何でもない、本阿弥が家ではこれがあたり前のことなのである。このように先様でこれほど売りつけようとなされているものさえ買わず、法外の利を取らぬのがこの家の作法であるのだから、世の人が本阿弥の家を誹謗するのは断じて許さぬのである。

もし今後当家に悪人が生れてきたとしても、一門二十人余の者たち、いささかも依怙ひいき致すまじと誓紙を書き、惣領は一門の者と談合したうえでしか極め札、折紙を出さぬと起請文を書いて、一門の寺本法寺の宝蔵に納め置くならば、この家は今後ともゆく末たのもしい家であるであろう。

かようのことはなにもわざわざ書きつけて置くにも及ばぬ事ながら、いまは何につけても嘘をついたり人をごまかして世を渡る者の多い世の中であるゆえ、自分たちは同じ類ではないとここに身を明らかにいたしておくのである。

また研ぎの事について言えば、われら二十歳ばかりのとき（元和五、六年のころ、大坂落城より五、六年後）本間甚次郎と申す大坂浪人が、正宗の小脇指を持ってこられたことがあった。拝見するに、出来、銘、中心《なかご》、残るところなく見事なものである。けれども下手の手にばかりかかって来たゆえに、なり恰好、彫物は悪くなり、大きな刃こぼれもあるため、高い値はつけがたく、判金七十五枚とつけ申した。そしてそのころわれら若輩の無分別のため親にも相談せず、その場で「旦那様の御方へ召しあげられてはいかがか」と申しあげてしまったのである。

するとしばらくして、その殿様が黒坂吉左衛門という京都の御用人を通じ、「脇指の様子を光室によくよく尋ね、両人（光室と光瑳）ともによろしかろうと申すなら取ることにいたせ」との仰せがあった。黒坂が両人に尋ねると、「ただいま殿様御所持にならせられる正宗どもにはなかなか及びませぬ。出来、銘、中心はいかにも見事なものでありますが、恰好は悪く、彫物も見事でない上に、こぼれも目に立ちます。このままでは召し上げられること必ず御無用かと存じます」と、光室、光瑳ともどもお答え申しあげた。

そこで吉左衛門がわれらに申されるには、「さて、これをなんと受けとったものであろう」とのことゆえ、こうお答え申しあげた。

「出来《しゅったい》も、銘、中心も見事なものでありますが、恰好は悪く、彫物も見事でない上に、こぼれも目に立つゆえに、お召し上げ御無用と光室、光瑳は申しているのであります。けれども、もし召し上げられるのであれば、恰好を思いのままに直し、こぼれも引き、彫物も正宗の銘のように直したら、過分の掘出し物になるだろうとわれら見立て申したゆえに、あのように申しあげたのであります」

吉左衛門がそこで、両人の申し分とわれらの申し分を順を追って殿にくわしく申しあげたところ、ただちにお召し上げと決った。

かくてわれら心に思い描くままに研ぎ立て、彫物も十分に直して親（光瑳）に見せたところ、大いに感じ入って、光室方に持参、「かくまで見事になしたこと、ただただ細工の手柄ばかりではない、甚次郎の美運と、殿の御果報の強いためであろう」と申したことであった。

それよりほどなくその殿様が江戸にお成りの節、家中の御奉公よく勤めた者たちに褒美を下されるためとのことで、右の脇指を判金五百枚で払うようにと仰せ出された。そこでわれらが脇指を加藤式部殿（賤ヶ岳の七本槍で有名な加藤嘉明の子・式部少輔明成）のお目にかけると、式部殿は光温の判定がそうであるからと申し判金四百枚なら所望とのことであった。しかしそれではと払われず、のちに考え直され、四百枚でもよいゆえ払いつかわせと仰せられた。

その旨うかがって自分が宿舎に戻ると、式部殿より、四百五十枚でもよい、ぜひ引きとりたいと御文が参っていた。それゆえ中をとって四百三十枚にてお引き取らせ申し、その場で代金をそのまま殿の御家来衆にお渡ししたのである。

かようなことをわざわざ言うのは、家の細工の自慢のためばかりではない、こと取売りに関しては、あいだに立って判金五十枚ばかりも取ってよかったであろうにそれをしなかったのは、本阿弥の苗字を名乗るほどの者は天命を恐れるゆえにさようなことをしないと、それを申したかったためである。

戦さの世は終っていたのです。刀はいまや実用の道具ではなく財産と見做され、地方の大名衆も家来衆も家計の窮迫には勝てず、こうして伝来の刀を売り出して金に換えようとする人の多かったことが、この話からもうかがえまするな。その中にはこの本間甚次郎殿の正宗や、松平家の錆刀のような掘出し物もあり、それを言い値の金二枚で買って判金二百五十枚で売るような機会はいくらもあったのです。そうしたとて商いの道にそむくわけではありませぬ。天下の重宝も見る目がなければただの錆刀のままです。だから見る目のある者がそれを見出して高く売るのは、手柄でこそあれ咎められる筋合いではありますまい。

しかし、本阿弥はそれをさえしなかったぞ、と祖父は二つの例を出して強く言っていられるのです。今の世の刀匠どもはそれをこそ商売とし、さような掘出し物に出会う機会を鵜の目鷹の目で狙っているようであるが、われらはさようなことはいっさいせなんだ。天地神明もごらんあれ、われらは隠れたる宝を見出せばその場にてそれを宝と言い、よい物とわかっていながらそれを相手に告げず物をこそこそと買い求めるような仕業は、このとおり断じてしてこなかったのである。それこそが本阿弥の誇りである。子孫の者もよくよくそのことを心掛けておくがよい、とそのことを強く仰せられたのであります。

「本阿弥の苗字を名乗る者は、天命をこそ忘れるということである」

祖父の思いのほどはこの一言に凝り固まっていると私には思われまする。われらが恐れるのは世間の評判や貧苦や中傷ではない、われらはただわが心に照らして心にそまぬことをせぬまでである。本阿弥が最も恐るべきはその心を失うことであり、それを失ったときこそが本阿弥の最後である、と祖父は申されたのです。

実にはげしい物の申されようであるが、祖父の気持はそれほどまでに切迫していたのでありましょう。娘のこととて私は知らなんだが、あるいは本阿弥の一族の中にも、数多い中には一人や二人、そういう儲けた者が勝ちという世間の風潮に負けて、まさか新刀を古刀と称して売るようなまねはしなくとも、たまたま相手が二両でといいだした刀を二両で買って数百金を手にするような者が、いたのかもしれませぬ。腐敗が本阿弥の中にも入らなかったという保証はないでありましょう。

さればこそこの期に及んで祖父はわざわざ、「もし今後当家に悪人が生れてきたとしても」うんぬんと、一門が誓紙を書いて神仏に誓うことを申されたのであったと思われるのです。光二、光徳、光悦、光室、光瑳のいた全盛期なら考えられなかったことでありました。

二十一

本阿弥の誇りは、ただ道具の売買と扱いにおける潔癖ばかりではありませなんだ。本来の目利き、研ぎ、磨きの技においていかなる家よりもきびしい修業を積み、名人上手が輩出し、その人たちに鍛えられて一門の者ことごとくが世に恥じぬわざを身につけていたのは、言うまでもありませぬ。そのことが何よりも本阿弥の誇りであって、その一門のきびしい修業のさまについて祖父はこういう言葉を遺されたのでした。

一　本阿弥の家が行う目利きには決して越度《おちど》がないのである。それは理由のあることであって、本阿弥の家の者は幼少の頃より絶え間なく多くの刀を見馴れた上に、目利きのわざの習得については十二、三の時より一言も残さず相伝を受け、またみずから細工をいたすときは、一腰を十日でも二十日でも手に取って刀の骨髄を見抜こうと心懸け、よい切っかけがあればその骨髄を見出して親兄弟よりも名人になろうと精を出すゆえに、刀のことで目に見え心に浮ぶほどのことは、数十年も修業すればずいぶんと見知るようになるのである。

余所《よそ》の家に目の賢い人があったとしても、本阿弥が家の千分の一ッも刀・脇指の数を見ることができぬゆえ、われら正宗を一腰、吉光を三腰、義弘はただ一腰見たなど自慢するくらいのもので、そんなことではとうてい奥儀を得ることなどおぼつかないのである。

誰の作であろうと、若い時に打ったのと、歳とって打ったのと、またよい弟子に恵まれて打った時と、さては悪いくろがねで打ったもの、炭を惜しみ、人手間をかけず、数少なく鍛えたもの、大名の仰せつけで打ったもの、小身の人に頼まれて打ったもの、同じ人の作でも作り方の違いによって、それぞれに大きな違いがあるものである。これらの違いは数少なくしか見る機会のない者には知りがたいのだ。

本阿弥の家の者はその点若年の時より、日本国中にありとある刀・脇指の中に住んで、見ているのであるから、目利きの名人が出るのも当然といわねばならぬ。

けれども、よくよく思案すれば、刀・脇指に一つ一つさように大きな違いがつくということは、目利きの咎ではなく、刀・脇指そのものにそなわった咎である。同じくろがねを用い大方同じ鍛えをすれば、同じ物が出来てしかるべきに、作の一つ一つそれぞれに少しずつ違うものが出来るのは不思議である。

一門大勢寄合って談合せんぎする時、ときにはこれかあれか判がつかず、迷って極めがたい道具の出てくることもある。ああかこうかいろいろに見えるさようのときは、最後にこの目利きがこれはこうと判ずる作にきまるのである。

また十腰のうち五腰は、ちらとその一部を見ても、いかにもこれはこの作であろうとわかることがある。けれどもまた四腰五腰については、二色にも三色にも見え、大いにせんぎが行われ、付いている極め札・折紙にかえって惑わされることがある。これは極めるときにいろいろに見えるゆえに、いろいろに判断されたのであって、目利きの咎ではない。

また上手が研いだときによく見えたものが、後に下手の手にかかって悪く見えるようになることもある。

また試し切りをして刃がこぼれたのを、刃を引き、焼刃が細くなったり、また疵やしみが出来たものもある。そういうときは極め札、折紙も、昔より下げたくなるのである。

また数百年下手の手にばかりかかってきて、なり恰好ももともとの作とまるで変り、色艶も悪くなったのを、目の利く上手が研ぎ直して、名物になった例なぞいくらもある。

われらは決して名人上手ではないが、心をつくして研ぎたてたところ、作が替って義弘や正宗になり、数千貫の宝物となった道具も、およそ十腰ばかりもあるであろう。そのほか過分に代《だい》の上った例は珍しくない。

取り出して本体と別に茶入れの蓋や袋を見るときでも、その蓋や袋のよし悪しゆえに、茶入れそのものがよくも悪しくも見えることがある。まして刀・脇指の研ぎは、本体そのものに関わるものゆえなおさら一大事なのである。

研ぎのしっかりと出来ぬ者が目利きになぞなれようわけがないのだ。かように見えるということは、かように仕立てたということである。かように仕立てればかようになるであろうと、あらかじめはっきりわかっていない者に、この辺の事情がわかろうわけはない。

この家に生れながら志うすく、高慢でしっかり伝授を受けなかった者は、町研ぎの上手程度のものにしかなれぬ。本阿弥の家の研ぎは人の見知るところではない。

殊にも、拭《ぬぐ》い、磨《みが》きはこの家独自のものであるが、不精者は拭いの名さえも知らぬ。

むかしは、下研ぎ、中研ぎ、水仕立て、拭い、磨きと、四色五色あるわざのうち、何であれ習い覚えた一色に専心はげんでも、なかなかその一色においてすら上手にはなり難かったのである。しかるにわが親光瑳は、どの一色だに残さず、五色すべてにおいて名人となった。この家始まって以来、一色も残さずみな名人になったのは光瑳ただ一人である。

むかし台徳院様（秀忠）が、「たれぞすぐれたる名人はありや」とお尋ねなされたとき、光室がつぶさに光瑳のことをお話し申しあげたゆえに、台徳院様は光瑳のことをよく御存じであった。それゆえ第一に御秘蔵の三吉正宗の拭いをなされようとしたとき、光瑳を呼びよせたかったが、光瑳は病人にて江戸まで参上できぬと聞こしめされると、後藤縫殿助《ぬいどのすけ》に御腰物奉行をつけられ、はるばる京まで上せられて、上方にてその拭いをしてさしあげたのであった。そのとき、下研ぎより水仕立てまでは光瑳の次男光由が仕り、拭いは光瑳、磨きはわれらが仕った。

われらはその昔光悦・光瑳に取り立てられて以来、数十年間そしられ、ほめられ、ずいぶんと御指南を請けたものであったが、日本国の神威ついに両人に及ぶにはいたらなかった。しかしながら両人のおかげにて、みなみなよりは早く細工のしようを覚え、元和元年十五歳の春、大坂仲裁の御祝儀として秀頼公より権現様へ刀を贈る御用意なされたとき、信玄公御所持の甲斐の国郷と申す名刀を研ぎ申しあげたものである。

　また同年の暮にはあらみ藤四郎を研ぎ、十六歳のときは烏丸藤四郎を研ぎ、十八歳のときは江戸において天下第一のぶんご藤四郎を、下研ぎより水仕立て、磨きはわれら仕り、拭いを光室が仕ったものであった。そのときは台徳院様ことのほかお誉め下された由、光室は非常に悦び忝《かたじけ》ながったものである。

　右の段々、畢竟われらが親、われら自身の自讃に外ならぬ。自讃ではあるが、一つには子孫を力づけはげますため、かつは家の誉れゆえにあえて記したのである。家々の道においては、親子といえどもわざを競い争わねばならぬ。いまはよろずの芸能むかしに劣る世とはいえ、本阿弥が細工はむかしの名人にまさることもある。本阿弥の家は神仏の冥加あって、代々細工の名人の絶えたことがない。愚息の光伝も、ながく煩っていたうちに、拭い、磨きの奥儀をきわめたようである。他の人は知らず、少なくともわれら盛年のときより二色ながら勝っているほどである。日本国大小の神々に誓って、老眼にはかくの如く見えるのである。光伝は、磨きは若年より並びなき上手であった。この者に拭い、磨きをいたさせるならば、家の細工をそしる者があろうと聞き入れることはない。

一言一句まことに切々たるものがあって、いまこれを話していてもその昔祖父光甫の耳からじかにこのお言葉を聞いたときの思いが甦ってくるようであります。これが祖父の語った最後の言葉であった。すべてこれ子孫への遺言である、と感じながら私はこれを筆記いたしました。

「本阿弥の家が行う目利きには決して越度がない」とは、なんという自信に溢れた物の申されようであろう。だが、それにはちゃんと裏付けのあることであって、さればこそ祖父はあの名人上手たちが一族に何人も出た時代のきびしい修業のさまを語ってきかせたのです。

惣じて手のわざからだのわざは、職人でも芸人でも十代初めから修業せねば身につかぬと申すが、そのとおり本阿弥でも男子は十二、三で一言残らず相伝を受けた上、その歳でもう実際に刀をとって目利きの修業をしたのでありました。この「一腰を十日でも二十日でも手に取って刀の骨髄を見抜こうと心懸け」という言葉に注意するがいい。刀はいずれも正宗の義弘のという天下の名刀であります。それを見て見抜いて心眼に叩きこむことから始まるのです。懈怠の心を起していい加減にすますような者は、それだけの者としてうち捨てられる。おとなは初めを教えはするが、それから先はすべて本人の才覚と心掛け次第にまかせられるのが、この道の恐ろしいところであります。

そうやって見抜いて見抜いた時になにが見えてくるか。いまある刀を見ただけで、それを打ち鍛えた時の刀工の心の有様がわかると申します。若い時の作か老年の作か、よいくろがねを用いたか、炭を惜しんだか、よき弟子を相手に打ったか、高貴の方に頼まれて心魂こめて打ったかそうでないか、それらすべてが心眼にありありと刻みこまれるまで見ねばならぬ。それは見るというより観《かん》ずるのである、と祖父は申された。

切先の具合、ものうちのそり具合、鎬《しのぎ》の線、反り、刃文の模様、すべてをしっかりと見定めて姿を心に入れる。刃文ならば直刃《すぐは》、湾《のた》れ刃、互《ぐ》の目刃、皆焼《ひたつら》刃、丁字刃かで、備前物か相州物か、備前ならば誰のいつの作かを見定める。

さらにそれ以上に気を入れて見るのが地肌、鍛え肌であるとばばは聞いております。

初心のうちは一見何も見えないけれども、心を澄まして見ているうち、同じと見えた地肌の中にも、くろがねの質、鍛え方の違いによってさまざまな地文のあることがわかってくる。流派によって、板目肌、備前に多い杢目《もくめ》肌、大和に多い松目肌、奥州の月山《がっさん》肌、金蒔絵の梨子地のような山城物の梨子地肌と、それぞれの土地と刀匠と時代によって異なる地肌の特徴がありありと見えだすようになる。

そのようにして次第に見る目が肥えてくれば、さらにもっとくわしく、刃縁《はぶち》から刃先にかけて走る線が小足であるか逆足であるか、互の目足であるか、刃先の葉《よう》がどのように入っているか、沸《にえ》の具合はどうか、乱れがどう流れているか、地沸《じにえ》の形はどうか、砂流しはどうか、そういう一本一本の刀に刻まれた特徴、その刀だけが持つ特徴をしっかりと見究め、心に刻む。

一本の刀を手に十日も二十日も見るとは、そのようにして見て見抜く修業のことなのでありますぞ。名人上手の域に達すれば、光室が一族の者に頼まれて日に十本二十本も見てさっさと折紙をつけていったというように、一目見ただけでこれは誰の何の作とわかるに至るが、それは名人上手にして初めてなしうることで、初心の修業のうちはそれだけ精魂こめてただの一本を見て学ばねばならぬのです。人に教えられてできることではなく、教えられて知ったとて何の役にも立たぬのが、この道なのです。

そうやって一本、また一本と、目を肥やしてゆかねばならぬのです。おそろしいほどの根気と、気力の集中と、見る才とがいる仕事であるのがわかりましょう。祖父光甫は、数十年も修業すればずいぶんと見知るようになるものであると、何気もないように申しているが、恐ろしいことを事もなげに申されたもので、修業の道は気の遠くなるほど長い道であることがこれでもわかろう。

本阿弥の家の者はその点ではしあわせであった。本阿弥の家は古く、光二、光悦、光徳が生きた戦国乱世ばかりか、戦乱の世が治ったあとの刀が多く動いた世にも、天下の名刀というほどの刀は多く本阿弥の家に持ちこまれたのでありました。古くは今川義元殿、織田信長殿、豊臣秀吉殿のころから、のちには権現様、台徳院様の徳川家、加賀の前田家、その他名ある大名小名家の家に招かれ、所持する刀を拝見し、お手入れをしてさしあげた。祖父光甫が誇らしげに、

「本阿弥の家の者はその点若年の時より、日本国中にありとある刀・脇指の中に住んで、見ているのであるから」

と申されたのは、まさにそのとおりであったのです。名刀というほどの名刀を見る

機が、この家くらいあった家は他にないでありましょう。

その中にあってかような修業をするのです。光徳のように、「光徳が極《き》め」と世に崇め恐れられるほどの名人が出たのも、故なしとしない。光徳の心の内には、そのようにして生涯に見た何千何万本の刀の一つ一つが、その微細な特徴にいたるまではっきりと刻みこまれていたにちがいありませぬ。が、それはこの家で修業したほかのおとなたちとて同じことで、一族集っての談合の席で、大方は論議するまでもなく右から左へ決ったのでありましょう。が、その修業しぬいた人たちでさえ、時には判断に迷う刀の出てくることがあったのは、さきに光徳の目利きのことで祖父が語ったとおりであったのです。

そのようなとき最後に見極めるのが光徳であり光室であり光瑳であったのです。いったい何がその最後の微妙な、しかし決定的な違いを生んだのか、それはむろん修業を積みに積んだ人たちの中のことなれば、最後にそれを決めるのは、光悦の言ったように、

「何事にも天賦というものありて」

の、その天賦というものでしかなかったかと思われます。

祖父光甫はまたその家業の研ぎについても、研ぎのよしあしによって刀が生きもし死にもすると、申しておりました。自分が心をつくして研いだために何でもない刀が正宗や義弘になったものが十腰もあったと言っていますが、そのことは先に話した松平安芸守殿の家の錆刀、大坂浪人本間甚次郎の刀の話からも察しられることであります。

この研ぎについても、五種類ある研ぎの中の一つでも名人になるはむずかしいとは、研ぎもまたどれほどか大変な修業をせねばならなかったかが知れ、光瑳の名人のほどがいかなるものであったかわかるのです。

「われら事、光悦、光瑳に取立てられ、数十年そしられ、誉められ、随分指南を請《うけ》けれども」

という、珍しく祖父が自分のことを述懐なされた言葉からも、その修業のいかにきびしかったかが察せられるではありませぬか。そのように自分を叱り励まし育ててくれる名人上手のいた時代が、よほどに懐しかったのであろうか。さればこそ、

「本阿弥が家の研ぎは人の見知る事にあらず」

と、このような自信ある言葉を吐いたのでございましょう。

研ぎのしっかりとできぬ者が目利きになれよう道理はない。またその道に目利きの修業を充分に積んだ者でなければよい研ぎのできようわけはない。なぜなら、研ぎとは刀のあるべき姿を心に思い定め、いまある刀の中から研ぎによってそのあるべき刀の姿を掘り出すことだからである、と祖父は申されたが。これこそ刀の奥儀をきわめた人にして初めて吐ける言葉でありましょう。

わけても私がそなたたちによくよく心に留めてもらいたいのは、祖父のこの言葉です。

「かやうに見ゆるはかやうに仕立《したて》たるゆえなり。かやうに仕立たるはかやうになるべしと明《あき》らめぬ人は、合点行《ゆき》がたき事なり」

私にはこれこそが芸の奥儀を語った言葉と思われるのです。

現にそこにあるものを見て判を立てることなら、誰にでもできることかもしれませぬ。が、そのようなことでは錆刀はどこまでいってもただの錆刀としか見えますまい。粗壁に浮き出た模様はただの壁の乾き具合の違いとしか見えますまい。が、名人上手の域に達した人は、現にある錆刀の中にあるべき本来の刀の姿を見出すのです。粗壁の乱れ模様の中に竹林や岩山や虎が姿をあらわしたがっているのを見るのです。このように仕立てればこのようになるであろうと、その成った姿が見える。そこまでいかねば本当の修業とは申せぬ、と祖父は言っているのです。

画でも書でも焼物でも刀の道でもそのことに変りはないことが、祖父の話を筆記しているうちに私にもわかってまいりました。芸の道をきわめるとは、あるべきものの姿が心眼にありありと見えるところまで行くということなのでした。錆刀の中にそのあるべき姿が見えるゆえに、かように仕立てればその姿が現れるであろうとわかる。本間甚次郎と申す牢人の刀の中に祖父はその姿を見、それが現れるように研ぎあげたればこそ、名人光瑳や光室までが感心するほどの刀になったのである。

光悦が宗達の描いた色紙に和歌を書くとき、書く前から画のどこにどのような字が書かるべきか、その姿が心眼にはっきり見えていたであろうと思われます。土をこねて茶碗をつくるときには、窯から出たときの茶碗の姿形、釉《うわぐすり》の色と肌合いが、ありありと心に浮んでいたことでありましょう。

恐るべきことでありますが、名人とはさようの域にまで達した人のことであって、空中斎光甫が「かやうに仕立てたるはかやうになるべし」というのは、そのへんの消息を言われたのだと私は思うておりまする。そういう域に達した人びとが、光二以来、光瑳、光甫、光利、光徳、光室、光温と、ずらりと並んでいられた時代の本阿弥を思い浮べられよ。光甫がこれぞわが家の最も輝かしい時代と誇りにせられたのも当然と申さねばなりますまい。

しかし祖父がこれらの話をなされたとき、そういう輝かしい時代はすでに終っていたのでした。名人光室が江戸城において客死したのは祖父が二十六のとしでありました。また祖父三十八のとしには、一族の輝く人であった光悦を、つづけて父光瑳を失って、以後一族の責任は祖父光甫の肩にかかってきたのでした。が、そのときはすでに世は変り、本阿弥のようなきびしい心掛けさえ、あらぬ邪推をかけられるいやな世になっていたのです。鷹ヶ峰も返上することになり、これから一族が離散してはたしてかつてのような家の風が守られるかと案じなされたればこそ、祖父はこの心得を語り残されたのでありましょう。終りにのぞんで祖父の口調に一入切々たるひびきがあるのは、その思いがよほどに高まったせいであったと思われます。これが祖父空中斎光甫の語った最後の物語でありました。

巻五　紹益殿の訪れのこと

二十二

以上が、私が祖父空中斎光甫より承った話の大概であります。

私が御用を仰せつけられてまもなく、これは祖父の子孫に遺す遺言であると察しましたゆえ、ずいぶんと気を張りつめて書き記したのでしたが、それがこのように長くつづくとは思いもよらなんだ。そなたたちには語らなかった光悦の言行録をふくめて、祖父が全部を語り終えるのに二月《ふたつき》近くかかりました。

話に一段落つくとしばらく休まれ、そのあいだに次に書くことを考えていられたようでした。私が書いたものを読みあげさせて誤りをただしたり、あとから思いつかれたことを付け加えさせたり、そういうことで余計に時間がかかったのでもありました。

本阿弥の家業の話をなされた最後に、

「日本国大小の神、老眼には斯くの如く見え申す也」

と言われ、それからしばらく瞑目なされていたが、目を開くと優しく私を見つめられて、

「これで終りである。そなたも長らく御苦労であったな、礼を申します」

と、丁寧に私をねぎらわれた。

「先祖よりの言い伝えはこのほかにもまだある。わしが覚えているかぎりのことどもでも、とうてい一度に全部は語りつくせぬ。それらについてはまた語る折もあろう。が、大事なことはこれで全部語った。あとはのちの世の者にこの心が伝わることを祈るのみである」

ほっとしたようにそう申されたのでした。

祖父はそのときはそのように言われたのであったが、しかしその後二度と残りの物語を語り継がれることはありませなんだ。これまでの物語を語るだけでも残《のこ》んの気力を使い果たされてしまったのか、語り終え、私が清書したものにふるえる手蹟で「本阿弥行状記」と記されると、それからは急に老いが進み、物忘れもはげしくなって、もはや語る気力も失われたようであった。

これらの物語を語られたのが延宝六年の秋から冬にかけてのことで、翌七年にはは

や鷹ヶ峰を返上いたさねばならなかったということもあった。もう物語どころではなかったのです。鷹ヶ峰退去については、これはこれでまた別の物語がありますが、それを話しても致し方ありますまい。所詮は愚痴になるだけです。

　それよりも私が最後にもうひとつそなたたちにぜひ語っておこうと思うのは、われら一族が鷹ヶ峰を去ると決った年の春、思いがけず祖父を訪ねて来られた方のことであります。なんとあの灰屋紹益殿が、前触れもなくふらりと鷹ヶ峰にお見えになったのであった。祖父もこれには大変によろこばれ、物語を終えて以来急速に老いの進んだ身にもう一度火が点ったようでありました。紹益殿は人の噂に鷹ヶ峰返上のことを聞かれると、懐旧の情にたえず、一目その姿を見ておこうと思い立たれ、思い立つと我慢ならず訪れられたのだということでした。

　紹益殿にお目にかかるのは、私はこれが初めてでありました。折々に祖父の話す言葉のはしばしから、祖父にとって紹益殿がどれほど大事な、懐しい、心を許すお方であるかがわかっていたから、私は心をこめてお仕えいたしました。紹益殿は祖父がすすめるままゆっくり滞在なされて、祖父と二人で昔話に時を過された。どれもが私には珍しい話ゆえ、毎晩やすむ前にそれらを心覚えに書きつけておいたものです。祖父も紹益殿も亡くなられたあと、その折の話を知る者もない。空中斎光甫と灰屋紹益と、この二人の御冥福のために、ついでにその話をしておきましょう。あれはまだ『にぎはひ草』が世に出る前のことゆえ、私は紹益殿があのように和歌の道にも茶の道にも御造詣の深い、世にもみごとな文章を書かれる方だとはまだ知りませんでした。当時私が紹益殿について存じていることといえば、祖父が話されたことと、お若いころの吉野太夫とのはげしい恋の物語くらいのものでした。灰屋紹益と吉野太夫との恋といえば、私が娘のころも京では知らぬ者とてない有名な話で、紹益殿といえばだれもがまずそのことを思いだしたものです。

その話を知りませぬか。やれやれ、今の江戸では知らぬのもいたし方ないかもしれぬ、なにぶんあれでさえも遠い遠い昔のことでありますものな。

吉野太夫というは、祖父や紹益殿がまだ若かったころ京でその名も高かった絶世の名妓で、美しい上に心映えがすぐれていたゆえ、引くてあまたの全盛を誇っていたお人であったが、その方に紹益殿がいのちがけの恋をなされてしまったのです。

紹益殿は前にも申したとおり、光室の弟光益の子でありますが、豪商灰屋の家に養子に迎えられて灰屋紹益となられた。養子の身でもずいぶんと気ままにふるまわれ、たんと遊びなどもなされたといわれております。が、一目この吉野太夫を見て以来は、あだな遊び心も失せ、ぞっこんこの人に恋をなされて、なにがなんでも吉野太夫と一緒にならねばと身も世もあらぬ有様になってしまわれた。が、養父の紹有殿は、さばけたお方で紹益殿の遊びには寛大であったが、六条柳町の廓にいる遊女を家に迎えることは許されなかった。どうしてもというなら勘当するとまで言われるのに、紹益殿は親のいさめなど耳に入らず、ただ吉野太夫恋しさのあまり、なにがなんでも身請けして妻に迎えようとなされたのでありました。

それほどまでにあの紹益殿が愛された人とはどういう人かと、私はあとで祖父やその歳ごろの人に尋ねてあれこれ調べてみたものでした。灰屋紹益といえば当代第一流の学者でもあり、お心映えの気高い、風雅の道を究めたお方である。そういう方がいのちがけの恋をしたお相手はどんな人か、ぜひとも知りたいと思ったのです。

そうやって調べてわかったこと、といってもそれは祖父の代の人なら誰でも知っていることでしかありませんでしたが、申さばおよそこういうことでありました。

吉野太夫はわが祖父光甫と同い年の生れというから、紹益殿よりは六つ歳上で、もとは西国筋の武家の娘子であったといわれております。父親は零落して京都に出て、牢人者にできる程度の仕事、扇子紙を折るなどの内職をして、当時は徳子といわれていた娘子をそれはそれは大事に育てられた。吉野太夫が和歌や茶の道に優れていたのも、この父上の薫陶のたまものでありましょう。

　しかし、この父親がにわかに亡くなられ、身寄りのない身にはそのほかに生きるたつきの道もなく、徳子は六条柳町の娼家に抱えられる身となり、廓では浮舟と名乗りました。そのころの京には、主家が没落したため京に出た牢人者が多く、その娘子で苦界に身を沈めた者が大勢いたものであったと、祖父はよく申されておいででした。妙秀が女子の立場に格別に同情されたのも、そういうあわれな身の上の女のいることをよく知っていたためかもしれぬな。

　けれども浮舟は世にも稀な美貌に恵まれていた上に、幼いころから父親に和歌の道その他の学問も仕込まれ、なによりもまず心映えのことにすぐれた人であったため、廓に出るとたちまち一世を風靡する名妓となりました。風雅の道に心得のある裕福な商人衆や公卿たちが、こぞって浮舟を呼びたがったといわれています。紹益殿も初めはそういうお仲間に呼ばれて浮舟を知ったのでありましょう。あるときそのような客に迎えられた席で浮舟は、

ここにさへさぞや吉野の花ざかり

の句を詠み、句のみごとさに、それが縁で以来吉野太夫とよばれるようになったといわれている。この句をみても浮舟がなみなみならぬ才のあったことが察せられますな。

紹益殿はつまりそういう吉野太夫に恋をなされたのです。遊び心ではないほんものの恋が相手に通じないわけはありませぬ。恋の道に年齢の差も身分の差も問題ではありません。この吉野太夫には公卿の近衛信尋《のぶひろ》卿もはげしく恋され、紹益殿とはり合っていられたが、吉野太夫の心は紹益殿に傾き、晴れて添いとげられるよう神仏に祈るまでになった。ことにもその名にちなむ吉野に禿《かむろ》を代参させて、蔵王権現に恋の成就を祈り、桜を千本寄進したという有名な話が伝えられております。

祈りの甲斐あってか、ついに紹益殿は吉野太夫を身請けし、二人は添いとげたが、晴れてというわけにはいきませんでした。というのは、遊女を身請けして囲うというならまだしも、妻に迎えたと知って父紹有殿が大いに怒り、紹益殿を勘当してしまわれたからです。紹益殿は家を出、市中に侘び住居することとなった。侘び住居など二人とも何の気にかけることなく、恋の成就をただよろこんでいたにちがいありませぬが。

　勘当して市中に侘び住居していたころのこととして、こんな話が伝えられています。俄か雨があって、陋屋《ろうおく》のその軒先に一人の老人が雨宿りしているのを吉野太夫が見とめ、雨もなかなか止まぬこととて、小女《こおんな》に命じて中に招じ入れた。老人はよろこんで出された円座《わらふだ》に腰掛け、煙草をくゆらしながら露地の様子を見ると、灯籠や飛石の構え、木の植えよう、わざとめかしたところがないのにまことに奥床しい。一体どなたの住居であろうと感心していると、また小女が出て来て、雨もなかなかあがりませぬ、ちょうど釜も煮えたところでござりますれば薄茶にても進ぜたいとあるじが申しておりますと言う。老人はもとより好む道であるゆえ、ではごめんと囲いの中に入った。中を見れば掛物から風呂釜の取り合せまで、いかにも心ありげに見える。そこへ女あるじが現れ挨拶をしたが、容色の美しさは輝くばかり、しかも言葉つき気高く、少しも驕慢の色がない。世にはこのような女もいるものかと驚きながら手前にあずかっていると、陋屋に住む身なのに女のその姿に気品のあること、物言い立居振舞のみごとなこと、とても並の人とは見えぬ。いったいこの方は何者であろうかと老人はいぶかりながらも、女がみごとな手さばきで茶を点てるのに感服し、茶を馳走になって帰った。

ところが、いかなる縁か雨宿りしたその老人が、実は紹益殿の父紹有殿であったのでした。老人は人に尋ねてかの女こそ紹益殿が妻に迎えた吉野太夫であったと知り、あの人ならばと勘当をゆるされたというのです。

面白い話でありましょう。いかにもよく出来た話であるが、まことの話やら何やら存じませぬ。ただ、この見知らぬ老人に茶を点てた話といい、先の吉野に桜千本を寄進した話といい、こういう話が吉野太夫にまつわる話として伝えられていることをもってしても、吉野太夫という方のうるわしい心映えのほどが察せられるようではありませぬか。

ただし祖父空中斎光甫の申されたところでは、話は決してさように簡単なことではなく、紹益殿の勘当がゆるされたについては、光悦に並々ならぬ仲裁の働きがあったためにて、紹益殿は生涯そのことを徳とされていたということです。光悦は幼い時より一入《ひとしお》可愛がっていた上に、利発で賢く心映えもすぐれた紹益殿をことにもいつくしんでいたため、紹益殿がそのように深く愛した相手であるなら、遊女であろうと吉野太夫はよほどにすぐれた人であるに違いないと信じていた。のちにみずから吉野太夫に会ってその人となりを知るに及び、間違いなかったと安心し、それで二人のためにいろいろと奔走したのであったということです。

こうして吉野太夫は晴れて灰屋紹益殿の妻と認められたのであったが、もともと薄幸の身の上であったのか、まもなく三十歳の若さで亡くなられてしまいました。

これが紹益殿と吉野太夫との恋の物語です。私たちはおぼろに聞き知っているにすぎなかったが、そういう物語を聞き、娘心に自分もそのような恋がしてみたいものよと、この恋物語に胸を焦がしたものでした。世に恋物語の数は多いけれども、こういう話が伝わっているというだけで私は紹益殿を『源氏物語』の中の人のように思っておりました。

私がそれまで紹益殿について知っていたのは、つまり若いころのそういう艶聞のみで、だから髪の白い品のいい老人がふいに祖父の草庵をおとなわれて名を名乗られたとき、え、これがあのお方か、と胸がときめき、またしごく意外な気に打たれたものでした。私の心の中では紹益殿はいつまでも恋物語の中の若い方のような気がしていたからです。が、考えてみればそれはもはや何十年も昔の話、今は紹益殿も七十を三つもこえたお歳なのだと思って、私はなんだかひとりでおかしくなってしもうた。

紹益殿はお歳を召されていても、血色のよろしい、ふっくらと肥えた方で、全体になんともいえぬ気品がただよい、先祖光悦はこのような人であったろうかと思われるものがありました。お手なぞも、祖父光甫の手が生涯刀を研いで来た人のそれらしく骨ばってごつごつしているのにたいし、女のように白くやわらかげであったのを覚えている。

祖父は紹益殿のふいのおとないを、それはそれはよろこばれた。私がそば近くお世話するようになってからあのようにうれしげな顔をなされたのは、ほかにはありませんでした。ゆるゆると歩を運びながらあたりの景色を眺め、大虚庵に入って、片や骨ばみ痩せた僧形、片やふっくらとした白髪の二人の老人が、すっと背筋を立てて茶室に坐っているところは、さながら一幅の絵を見るようでありました。

「こうしてここに坐って松風を聞きながら茶をいただいていると、大虚庵様が生きておいでだったころのことが偲ばれますな」

紹益殿が懐しげにそう申されると、

「さよう、あのころが華でございましたな。光悦が亡くなって初めて、光悦という者がいかにわれらにとって大きな心の支えであったかがわかりました。光悦がそこにいて見ていられると思うただけで、心のはげむ思いがしたものでありました」

「はい、あのようなお方が二度と現れようとは思われませぬ。書であれ、茶であれ、焼物であれ、行くとして可ならざるところなく、なんという方かと思っていましたが、亡くなられてみると、あの方の本当の偉大さは、さような一つ一つの技以上にあの生れ得た心のありようにあったことがわかりました。あれこそはまさに生得のもので、学ぼうにもなにも真似できるものではありませぬ」

「しかし今となっては祖父が書いたもの、作った物によってしか偲ぶことはできず、見れば見るほどみごとなものよと感歎するばかりです。わけてもあの、宗達殿が下絵に描かれ光悦が和歌を散らし書きした『鶴下絵《つるしたえ》三十六歌仙和歌巻』を、さきほどさる方のもとにて拝見いたしましたが、宗達殿の描かれた鶴の姿千万態と光悦の書とが一つになって、なんとおおらかで、豪華で、はなやかなものよと酔う思いでござった。あのようなものも二度と作られますまい」

「さよう、あれは宗達殿と御一緒になされたお仕事のうちでも、わけてもみごとなものでした。具引《ぐひ》きされた卵殻色の下地に金銀泥をたっぷり使って描かれたあの鶴の姿、砂洲《さす》におりたった鶴の群がいっせいにはばたいて大空に飛び立ち群舞するさまは、なんとも力強くのびやかで、華やぎがあり、そこに少し筆を寝かせ気味に、あるいは太く、あるいは繊《ほそ》く、のびのびと、なんら臆することなく書かれた和歌の書が、あたかもその心をうたうようで、あの歌巻には見るたびに酔わせられます。大虚庵様の心の自由さ、おおらかさを、目のあたり見るようであります」

そのようにお二人して光悦の心映えのこと、鶴下絵三十六歌仙和歌巻のことに、話を弾ませていたのであった。それはさながら相聞のようで、二人して力をあわせ鶴のように空を悠々と舞っていられるように思われた。私はその話をうかがいながら、まだ見ぬその三十六歌仙の絵をいま自分が見ているような思いにとらわれた。

紹益殿が訪ねて来られたその日から、お二人はそのように気が合っておいでだったのである。

二十三

折しも春の盛りで、遠近に山桜が咲き、木々が若葉をふき始め、野はみどりに覆われているころでありましたから、二人の老人はそういう景色を眺めにそぞろ歩きし、私はそのお供を仕りました。折に心ばかりの料理を詰め、瓢《ひさご》に酒を入れて、うちうちの花見に出かけたこともあった。二人の話されるのは和歌や茶の道の風流韻事がほとんどでしたが、それらを話題にしながらもお二人の気持がいつもこれからの一族の成行きにかかっているのは、言葉のはしばしからもうかがえたものです。

私はそれまでなんとなく、老人といえば昔語りばかりせられるもののように思いこんでおりましたが、紹益殿と祖父との話を聞いていてそれが誤りであることを知らされました。お二人の心にかかっているのは今現在のことであって、昔話をされてもそれは今の状態と比較するためであり、今をどうしたらいいかを考えるためなのであったのです。

たとえば祖父空中斎光甫が、昨今の刀の道にたずさわる者の心のいやしさに触れ、だれもが掘出し物をして儲けることばかりを考えている。それも素姓正しいものならまだしも、出来を偽ったり、新身を古刀に見せるなど詐欺まがいのことまでして、ただ刀を金儲けの手だてにしている。法の目にかかりさえしなければ何でもし、司直にとらえられると運が悪かったと言うのみで、本当に悪事を働いたと思わぬふうである。おのれでおのれを律する者などいないかのようである。人はおのれの律を失ったのでありましょうかな、と歎かれると、それにたいして紹益殿が、伯父光室や祖父光徳の刀の道の心掛けを思いだして言われるのであった。

「光徳殿や光室殿ばかりではない、大虚庵様は言うに及ばず、光瑳殿も、そのほか一族のだれでも、あのころの人びとはみな神仏を深く畏れる気持を持っていられた。他人は問題ではなかった。おのれがおのれの心に省みて疾《やま》しいことをするかしないか、それのみを畏れ、人の思惑や疑いなどは念頭にあらせられなんだ。この世の法でさえ問題にしていられなかった。あのようにおのれを律することきびしかったのは、やはり深く神仏を信じていたからでありましょうかな」

　すると祖父がそれにたいしまたおのが存念を言われるのでした。

「光徳殿が権現様の御前でその大事にせられている自慢の刀をニベもなく、これはダメであります、と言われた話は御存じでありましょう。それで光徳殿は寵を失ったのでしたが、あのへつらいを何より嫌うお心のありようは、おのが長年の修業によってこうと見たものは曲げられぬとする剛毅なお気持のいたすところで、光徳殿には権現様をさえ恐れる気持がまったくなかったと申してよいでしょう。畏れるところはただ神仏の前にあるおのれの心だけだったのでした」

「大虚庵様は」とこんどは紹益殿が言われる、「いたってへつらいの嫌いな方にて、一生にただの一度もへつらったことがなかったと聞いています。いかにも穏やかな、およそ声をあらげたことなどない、春風駘蕩たるおおらかな方であらせられたが、あの穏やかさの奥には、何をしても曲げることのできぬ剛直なものがひそんでいたのだと思います。あの方は権現様にも台徳院様にも、幕閣諸侯にも、いたって覚えがめでたく、自然な態度で接していられたが、あの方のお気持の底を探ってみれば、将軍家を恐れる気持などまったくなかったのではありますまいか。今の徳川家は、戦乱の世を収め天下に泰平をもたらしたお家なれば敬い尊びはするが、要はただそれだけのことだと思っていられたのではなかったか、と思われてならぬのです」

紹益殿が、いかに人なき山の中とはいえ、かように恐ろしいことを申されるのを聞いて、私は恐れおののいたものでした。

するとそれにたいして祖父が、面白いことを聞くものよというようにほほえまれ、こんな話をされたものである。

「それについてはわしにも心覚えがござる。これは祖父がわが父光瑳にじきじき遺言なされたことと、父より聞いた話ですが、あるとき強い口調でこう申されたというのであります」

と、前置きして、祖父が語ったのはこういうことであった。

一　われら本阿弥の者はいま一類ことごとく徳川家の御憐愍《れんびん》を蒙っているのであるが、いかに御憐愍を蒙るとも、われらはいつまでも王城に住居して、関東より御用向き仰せつけられた節は京都より出府つかまつるべく、決して江戸表へ引越すなどのこと、ゆめゆめあってはなりませぬ。

それと申すもわが家は、足利の御代より禁裡の御側を清め奉り、禁裡の御用を務めて来た家柄であって、これはよほどにありがたいことである。いまは関東の憐愍も厚く、これはこれにて御恩は海山より深いとはいえ、関東は権現様と当代にてようやく二代にすぎぬ、ゆめゆめ禁裡の御用を粗末に思う気持があってはならぬ。

そもそもを言えば、日本国中は神の御末であって、すべてみな禁裡様のものである。これをあらわに申すは憚りもあることながら、詮ないとはいえこれはたしかなことぞ。さればわれら子孫の者は、このことを決して心に忘れてはならぬのである。

殊にもわが家は、先祖代々その墓地も王城にあることである。しかるに江戸へ引越したりいたしては、先祖への供養も麁末《そまつ》になるであろう。もし関東よりぜひに引越しを仰せつけられることあらば、そのときは嫡家はお断り申し、別家の家一両人が引越すことにせよ。ただし相成可くは、これとても望まぬことである。

そして祖父はつづけてこう申された。

「これなぞは関東に知れたらずいぶんと厄介のたねになりかねぬ遺言ゆえ、心一つに納めて伜光伝のほかはだれにも語らないでまいりましたが、これが光悦の遺言なのでありまするよ。関東は当代にてようやく二代にすぎぬとは、なんという強い仰せられようでありましょう。光悦が権現様より知行をつかわすゆえ関東に参れと命じられたとき、老弱を理由にお断りして、代りに鷹ヶ峰を賜わったのでありましたが、その本音はこういうものであったのです。不敵なその気持を権現様もあるいは察せられて、それが、用心あしき、辻斬り・追剝ぎをもする所をひろびろと取らせよという、いささか底意地の悪いお言葉になってあらわれたのかもしれませぬな」

祖父がそう言って低く笑われると、紹益殿は言われた。

「さようでございましたか。初めてうかがうことであります。いかにも大虚庵様らしい豪気な遺言ですな。しかし聞くところによれば、こたびこなたに鷹ヶ峰返上を仰せつけられた本意は、本阿弥がいつまでも京に住居して江戸に移らぬのは、幕閣を蔑ろにする所為と憎まれ、ぜひとも江戸移住せよと命ぜられることにあるとのことではありませぬか。そういう話がもはや内々あったのではありませんか。いかがなされる所存でございます」

「さよう、倅光伝へ内々にてさような話があったと聞いております。光伝もこの光悦が遺言を存じておりまするゆえ、板ばさみになって苦しんでいるようですが、これも時勢のしからしむるところ、光悦のような重みがなくなった家ではいたし方ありますまい。いずれそういうことになるであろうと覚悟いたしております。それならそれで構わぬと拙者は思っております。要は、先祖より伝えられた心根を失わぬことにて、それさえあればこの家は立って参りましょう。そう存じ、先頃もこの孫娘に命じて、家に伝えられた物語を書き写させたところでした」

そう申されて私を見つめられたゆえ、紹益殿も珍しげにこちらを眺めやられ、私はとつぜんのことで真っ赤になってしまったものでした。紹益殿は、それはぜひ拝見したいもの、と仰せられ、私が書き写したものを鷹ヶ峰滞在中に御覧なされた。秘本とされて来た『行状記』に最初に目を通されたのは、だから灰屋紹益様なのです。紹益殿がやがて『にぎはひ草』に光悦の話を書かれたのは、このときのことが機縁になっているやもしれませぬ。

それからお二人は、光悦の遺言にある「足利の御代より」の言葉にひかれたか、本阿弥の家の昔話をなされたが、これもまた私の初めて聞くところでありました。それによれば、本阿弥の家はもと元祖妙本という者に出づるということでした。妙本は本姓は菅原氏、相州鎌倉に住んで松田を名字とし、天性刀剣を観るの術に秀でていた。ために足利将軍の仰せを受けて京都に移ったそうです。鎌倉松葉谷《まつばがやつ》に住む日静上人は尊氏公の叔父にあたる人であったが、この人に帰依して法名を授けられ、以来その法名本阿弥を名乗ることになったということです。妙本が死んだのは、光悦誕生より二百年も前の文和二年でした。

それから、本妙、妙太、妙秀、妙寿、本光と名を連ね、代々刀の目利きと研ぎを家の業として来た。本光が光心の父に当る方です。

この本光について紹益殿がこんな話がさる本にのっていると話されたが、なかなか面白い話ゆえそれもついでにしておきましょう。

なんでも文明年間というからこれも古い話であるが、赤松氏のむほんがあったとき、本光もそれに関わっていたため、将軍義教公のお怒りを買い、当時本阿弥清信を名乗っていた本光を獄舎に入れてしまわれたそうじゃ。

そのとき日親上人といわれる法華宗の坊さまが、これは鍋かぶり日親とて世に名高い大変に偉いお上人様であったらしいが、やはり同じ獄舎に入れられていた。獄舎の中で二人は親しく語らいあい、清信は上人の説法に深く帰依するところがあった。それゆえにその後二人とも獄舎から出されると、清信は入信して、日親上人より法名を授けられ本光と名乗るにいたったということです。

元祖妙本、それからこの本光、どちらも本の字をつけていたゆえに、以後松田の姓を廃し本阿弥を名乗ることになり、また本光以後は代々光の字を以て一族の冠字とすることになったそうな。

いかにもたくさんの御本を読んでいられる方らしく、そんな話をされたのであったが、これは古い家柄を自慢するというお気持からではさらさらなく、ただ狂将軍義教公だの一寸入道赤松満祐などの名が出てくる面白い言い伝えとして話されたのであった。その証拠に紹益殿はつづけてこう申されたものでした。

「本阿弥の家は、この話でも古い昔から法華宗に帰依することが深かったことがわかりますが、やがてこの家の者が神仏を深く畏れ、人たる者は省みて疚しくないおのれの心のありようこそ大事と心得るようになったのは、法華の教えのためでありましょうかな。なにも法華でなくともよかったのかもしれぬが、他力本願ではこうは参らず、やはり法は人に因って尊しとする法華宗であればこそ、心を磨く家の風が生れたのでありましょう。大虚庵様も『立正安国論』を書写せられたものでありました」

「わけてもこの家の女人衆、妙秀、妙山を初め代々の女の信仰厚く、慈悲の心深かったことが、一族の気風を作るにおいて大きな働きをしたと存じます。光悦のような人物がこの家に生れたというのも、妙秀あればこそでありましょう。女性こそはこの一族の心の柱であったかもしれませぬ」

そう申されて祖父は、私にもこれを書きとっておくがよいと、こんな話をされた。

二十四

一　光悦が若かったとき、ある朝早く門の外に出てみると、下小川に人が多く集っていた。走っていって見れば太刀屋与三という者をからめとって引っ立ててゆくところであった。急ぎ立ち帰って母の妙秀にこのことを伝えると、しばらくものを言わないでいたが、やがて、

「縛りあげた上に黒い胴服（羽織）を羽織らせ、家の内にて編笠をかぶせて出て来たか」

と言われる。光悦、仰せのとおりでございましたと答えると、妙秀は手を合わせて拝みながら、

「さてもそなたはよい親を持ったことぞ。いまそのわけを話して聞かせよう」

と、言ってこのような話をした。

むかしこの家の隣に何の某という者がいた。これという咎もなかったのに、ただいま召し捕られた与三が訴人をしたため、何年前の今月の今日の朝召し捕られ、ついに殺害されてしもうた。そのときも縛りあげた上に黒い胴服を羽織らせ、家の内にて編笠をかぶせて出てきたことであった。隣のことであるから私もよく見たが、月日も、その有様も、少しもそのときと違わぬ。いったいこれは何ということか。凡夫の智恵には及ばぬことである。報いであることは目のあたり見るが如く明らか

である。

さて、よい親を持ったというは別の事ではない。与三の口のために成敗にあった者の家は、家を欠所にされ門を閉じたままになっていたが、そなたの親の光二が御奉行所に参り、

「私の隣のあがり屋敷（没収して官有とされた屋敷）をしばらくおあずかりいたしたいのですが」

と申しあげると、

「お上は必ずお聴きとどけ下さるであろう。その方は御用人のことでもあり、ことにも名物の御腰の物をおあずかりしていることでもあるゆえ、別に土蔵でも拵えるがよい」

と言われた。

光二は、忝《かたじけ》なき仕合せと申し、また翌日お礼にまかり出たが、そのときよい序《つい》でと思い、御成敗になった者の伜を自分方で召し使いたいのだがとお願いすると、これもただちにお許しになった。かさねがさね忝ないことでございますと申して家に帰り、かの者の伜の行方を探させると、近江国堅田《かただ》というところの百姓の家に使

われていることがわかったので、早々に呼び寄せた。その上で町の年寄に、この欠所となった家をそもそもあの者はいかほどの値にて求めたのでありますかと尋ねると、鳥目四十貫で求めたとのことであった。そこで光二は、その親が買い求めた値とまったく同じくその子に四十貫の銭をとらせ、下京の皮の店というところに小屋を求めさせ、皮屋のわざを習わせた。いまにいたるまでわが一類に出入りする皮屋某という者がそれである。

そのところをよくよく合点するがよい。咎もない者を成敗させた与三は、こうしてまもなくその浅ましい報いをえた。光二は拝領申した屋敷の値を子にとらせたばかりか、ことにも流浪した子の行方を尋ねだし、人にしてやったのだから、その報いもまた空しくはないだろうと、妙秀はそういう話をしたのである。

まことに、他のいかなることよりもまずこのように大きな野山を拝領仕ったこと、その上妙秀の子孫は百人にも及ぶのに、そのだれ一人として広い屋敷を持たぬ者はないこと。江戸においても会所や屋敷を拝領した者が五人もあること。お歴々の方でさえ容易になしがたいのに、京に住みながら下屋敷までも下されたこと。みなまことに忝《かたじけ》ない次第である。孫、曽孫のうち出家した者もそれぞれに本寺の主となり、数百所の末寺末山を領し、やがて退いては静かな山林を住家とするものもある。女子は他家に行ったといっても、みな大きな屋敷の主となっている。あれやこれや思えば善悪の報いはまことに明らかである。このこと板倉殿へぜひ御物語せねばならぬと申して、光悦は早朝に鷹ヶ峰を出で立ち、嫡子光瑳の家に立寄って、まず孫共を集めて物語したことである。

この話を聞かれると紹益殿は申された。

「よい話でございますな。妙秀様がそのように因果応報、善因善果を信じていられる方だとは私も聞いております。たしかに法華宗の現世利益の教えが先祖をひきつけたことは疑えますまい。しかしそれだけならば無知蒙昧の徒と変らず、あのように慈悲深く、心の清いお方になられたは、善因善果のおのが心の持ちようの掟となされていたからでございましょう。誰が見ていなくてもおのれが見ている。神仏が見ている。そのおのれが見、神仏に見られている心の世界でのふるまいを何より畏れていられたがゆえに、妙秀様のもとからあのように心映えみごとな人びとが育っていったのだと私は見ています」

紹益殿が申されたこの言葉を私はしかと心に刻んだ。紹益殿ご自身は因果応報の理を信じていられぬことはうかがっていてわかったが、のちに『にぎはひ草』で紹益殿が光悦がことを記された初めに、「生れ得たる心の趣、また世に有りうべき人間とは覚侍らず」と書かれているのを見て、ああ、あのとき申されたのはこのことであったか、と思い当ったものであった。紹益殿はさような心の趣を育てるてだてとしてのみ、因果応報の理を方便として認めておいでだったのです。われらが祖妙秀がこのように光悦に語ったというのも、やはり善心をはぐくむ方便としてであったと思われる。

　すると祖父はこう言った。

「いかにもそのとおりであろうと思います。妙秀の世には方便として善因善果の理を説く必要があった、まだ殺伐とした世であって、人みなおのれひとり生きぬくに必死の時代であったでしょうからな。しかし妙秀が子孫の代になると、善いことはそれが善いがゆえになさねばならぬ、悪事はそれが悪いゆえに為してはならぬの理を、一族のだれもがおのれの心のありようの律として持つにいたっていたと、わたしは信じております。たとえばそれは紹益殿もよく御存じの、われらが母妙山を見てもわかることであります」

「そうでございました。わたしも多くの人を見てまいりましたが、あのように慈悲そのものの方は見たことがございませなんだ」

そして、それからお二人でしばらく妙山の思い出話をしみじみとなされたのであった。

一　妙秀の子孫には、世の常とは変った者がたまたま何人も出現した。光室の母は光悦の姉（妙光、光徳の妻）であった。柔和で、智恵の秀でた人であったので、本阿弥家の大事については光徳も必ずこの人に相談するほどであった。また妙覚寺の日允上人の母（光徳の長女、光瑳の妻で光甫の母）は、妙秀の孫光室の姉であって、妙山《みょうさん》と号した。

この妙山は八十に及ぶまで一生のうちついにいささかも瞋恚《しんい》（自分の心に違うものを怒りうらむこと）の念を起したことがなかった。召し使う女子供が悪いことをしても、にくいというほどの言葉を一度も口にしなかった。その娘にろくなものを食わせない姑がいる、などと告口する者があれば、さようなことのあるはずがあろうか、大事にされていることは私がよく知っている、というため、二度とそんなことを言う者がなかった。

また召し使う若い女の中に盗みをする者があったので、人がだんだんにそのことを告げ知らせると、

「私はよく知っています。十九、二十のころはとかく人にそそのかされて悪心がつきやすいもの、蔵・納戸へはひとりではやらぬようにするがよいが、たとえ物を取ったからとて何程のことがあろう。わが家より追い出したりすればその身に疵がつく。そんなことをすれば親がどう思うかと不憫でもある」

と言って、そのまま土蔵へも人をつけて用に出していた。

かように人の恥をいたわり、盗みをすると知りながら納戸へもやるほどのこのゆたかな心は、こちらが恥じ入るほどであった。かようにただただ柔和で智恵賢い人であったのだ。

親類どもの身の上に大いに腹の立つことがあると、人々は妙山を引合いに出して、これほど憎いことがあれば、いかに妙山とても腹を立てなさるだろう、と言い合うほどであった。

子どもが大勢いたが、この家ではよそから来た婿や嫁にいたるまでが、みな自分

こそ妙山の第一の秘蔵っ子だと面々に思っていた。人の家で育てられた子は、自分が苦労をして育てた子ではないからといって、わが子以上に一入ねんごろにあつかったからである。

　また召し使う者にしばらくの休みを乞う者があれば、どんなに忙しい時でも決して否とは言わなかった。こんなときに休みを乞うとは、よくよくの事情があるのであろうと言って、すぐさま休みをとらせたものであった。

　また出替り（江戸時代、一年または半年契約の奉公人が雇用期限を終えて入れ替わること。またその日。古くは二月二日と八月二日であったが、寛文九年〔一六六九〕幕令で三月五日と九月五日に改められた。八月を律の出替りという）の時分には、奉公人の替り目のことどの家でも人にことを欠き不自由の思いをするものに、この妙山の家ではその折節でも男女数多くいて、女は縫物洗濯をし、男は家の中や裏門の掃除などをし、いかにもにぎやかなものであった。そんな連中の中には見知らぬ者が大勢いるので、あれはどうしてと聞くと、去年あるいはおととし、あるいは四、五年前に召し使っていた者たちだ。事情があってこの家を出ていったが、しばらくの馴染《なじみ》を忘れずに、まだ何方《いずかた》へとも奉公が決らないうちはみなああしてこの家を宿として遊んでいるのだ、ということであった。妙山が情深いためである。

また妙山が、心がいかにいさぎよく律儀《りちぎ》であったかを示す話としては、こんなのがある。

むかし加藤肥後守殿がわれらの親光瑳に頼んで、刀の脇指を求められたことがあった。黄金百枚を請けとり、光瑳の取り分は半分、残り半分が道具の片方を出した人であった。その判金を相手方に渡すとき、召し使っていた権六という者が銀を選り分けているのを妙山が見て、何をしているのかと尋ねた。疵のないよい銀をこちらにとろうと思いまして、と答えると、

「手に当る次第にお渡しすべきであろう、なんとてさようの心立てよからぬことをするぞ」

と苦々しく言われたことであった。

数十年間に刀・脇指をあなたこなたへお納めするにつけても、光瑳があいだに立って一銭匁でも口利き料を取ったことは、三十番神も御照覧あれ、われら一生についに見聞きしたことがない。また光瑳は、たわぶれごとを言うにも偽りを言ったことなく、一生のうち一日とて人と仲違いしたことがなかった。光瑳は光悦の実子で

なく、片岡次太夫の孫を見立てて養子にしたものである。

光悦の書の弟子の中では光瑳は並ぶ者もない能書であって、どんな弟子よりも手蹟がすぐれていたため、多くの人が短冊に書いてくれと頼みに来たが、ついに一枚も書かなかった。それほど大いに卑下《ひげ》していたのだが、板倉伊賀守殿御位牌所の三河国長園寺の額だけは、息子の周防守殿がたってとお望みになられたので、一生に一度ただこれだけは書いたのであった。

またわれら十歳ばかりのとし、母妙山につれられて数寄屋の路地に出るとき、囲いのくぐりに掛け金が内側からかけてあったのを、自分が竹連子に手をさし入れて開けようとしたところ、

「見にくいことをするものよ、光瑳が見たらさぞ気に入らぬことでしょうぞ」と叱られたものであった。なんということもないことながら、この事は今に忘れられない。

妙山は大勢の子を持った。その誕生日ごとに魚などを多く買い求めておいて、必ず放ってやったものであった。そして「惣《そう》じて自分が生れた日には善事をしなければいけない。自分のために母に大きな苦しみをかけ、命を危うい目に合わせた月日

ですからね」と子どもに申しきかせ、その日は一入非人にも物を施し、わけても仏への供養をねんごろにさせたものであった。そして「本当はそういう日であるのに、これはめでたい日であるなどと言って魚鳥を殺したりして、仏神の御心に背くのは、悪人の仕業です」と言った。

虻や蚊のたぐいが身に取付くと、身の重くならぬほどに血を吸わせ、妙文をとなえ、吹いて離れさすというくらい、慈悲の心の深かった報いであろうか、大勢の子孫にまで災難がなかった。われら空中斎の子は妙山の孫にあたるが、六十に手がとどき四十を越えた子どもらが九人もいて達者であるのは、妙山が殺生しなかったおかげであろう。

妙山はわが身において瞋恚することなかったのみならず、一生のあいだついに人にも腹を立てさせることがなかった。六十ばかりのとしに夫に先立たれた（光瑳は寛永十四年、六十歳で没）あとは、その後二十年間精進潔斎を怠らず、毎日法華の題目を日に一万遍ずつも唱えるのをやめなかった。法衣を着し袈裟をかけられよという人があったけれども、身を卑下し、勿体なしといって一生白衣のままで暮した。光悦の嫁（光徳の姉妙徳）だった人までが、この妙山には大いに恐れたものであった。

妙山は慶長三年寅の春（しかしこの日付けは光瑳の死が一六三七年だからいささかおかしい。寛永十四年以後でなければならない）より妙覚寺に住んだ。これという患いもなく七十八歳で承応三年十月十二日に死んだ。

病中にも薬をのまず、寝込んでからも念珠を繰って数をとっていた。五、六日前より死期を知り、祖師大菩薩のまんだらを懸け、読経し、題目を唱えつづけた。十二日の巳《み》の上刻（午前九時から十時）、清浄な座に移って、諸上人が見えられると平生に変らず挨拶をし、礼を申し、大まんだらに香花飲食を供え、合掌して本尊を拝し、目ばたきもせず、少しも苦しげなく題目を唱えていたが、合掌を口の端に寄せ、両目をふさぐと見たら息が絶えた。このとき午の下刻（十二時から一時）であった。十三日の夜半に沐浴させたとき一つの不思議があった。その死相は二十歳ばかりのいかにも気高い男子のように見え、色白く身のやわらかなこと生前にもまさっていた。柩におさめ宝前に直そうとすると、軽々として柩の重さばかりのようであった。不思議なことよといい人々我も我もと持ってみた。名高い上人たちも多くその場にいられたが、かような死相は見たこともない、これはひとえに一生のあいだ瞋《しん》恚《い》を起すこともなくまことの菩提心ふかく行状がよかったためであろう、うらやましきことであると、手を合わせて感涙を催された。これ隠れもないことである。

妙秀のことは、われら十五、六の時のことであるから（妙秀の死は元和四年、このとき光甫は十八歳）年寄った人がつねづね語るのを聞き及んだばかりである。しかし妙山のことは四十六年あまりつき添ってよく見及んだことであって、ここに語ったのよりはるかに勝った人であった。妙秀のようにこれぞといって目立つことはなかったけれども、ただ賢く柔和でおとなしかったことは、妙秀にまさっているかと人びとがよく申しあったものである。

祖父がこのように御自分の気持をじかに出して語られたのは、これ以外になかった。初めはわが母といわず日允上人の母などと言っていたのが、次第に情がこもってきて、母に叱られたときのことを思いだし、「なんということもないことながら、この事は今に忘れない」といわれたときは、かすかに涙ぐまれたものであって、私には忘れられませぬ。

紹益殿も、御自分もよく存じよりの人ゆえ「さよう、さようでございましたな」とうなずきつつ耳を傾けておいでであった。

同じく優れた女性であっても、妙秀のほうは、人殺しに入られても恐れず、夫の危急とあれば信長公に直訴なさるほど気丈で勝気な人であったのにたいし、妙山のほうは、目立つこととてなさらなかったがまことに心の広い、慈悲深く「ゆたかな心」の人であったことが、祖父のこの話からもわかりました。そして祖父が、妙秀のことはわれら十五、六のとき亡くなられたことであるからよくは知らぬ、妙山は四十六年あまりつき添って親しく見たゆえというところ、いかにもわが母を懐しんでいるのがわかって、私も心を動かされたのでありました。

妙山が亡くなられたは遠い昔のことではあり、わが母のことなれば思い出の中で次第に美しく飾られていったやもしれぬが、妙山という祖先の心のありようは、祖父のこの話からも充分にうかがえるのである。善因善果を言うならば、妙山の善果は現世の利益の中にではなく、死にぎわのみごとさとなってあらわれたのであった。

二十五

紹益殿がこう申された。

「法華信仰は、女性にあっては慈悲へのすすめとなり、男にあってはおのれを恃《たの》む、自持《じじ》の気概を養うに役立ったと言っていいのではありませぬか。私にはどうも慈悲の情《こころ》と自持の気概とは、同じ信仰の盾の二つの面のように思われてならぬのです。慈悲の情が姿に見えぬように、家の業でも茶の道でも書の道でも、その道に深入りして奥儀を究めれば究めるほど、それを見ることのできる人はいなくなって参ります。頼むはおのれひとり、知るもおのれひとり。そのとき懈怠《けたい》の念を起すことなくさらに深く道を究めようとするかどうか、そのおのれをもし見ているものがあるとしたら、それはもはや人間を超えたものしかありますまい。神仏は頼むものではない。そのような我を見ていてくれるものです。私は茶を点てながらときどき、そういう見えぬものの前におのれが立っているような気がいたしますよ。畏れるという気持に私が襲われるのは、そういうときです」

　それにたいし祖父が言われた。

「その気持がなくなった時は、人間はお終いでありますな。このごろしばしば、世の有様を見てわが祖妙秀と同じように、あさましきことよ、と歎ずることがあります。今の世の人の多くは、いや、これは今の世ばかりではないかもしれぬ、人間とはいつの世にもそうなりがちなのかもしれませぬが、成功しさえすれば万事それでよしとするふうであります。どんな卑劣な手だてを使おうとも、結果として事が成就すればよし、成就しなければ悪しとする。そこにいたる心根は問うところではありませぬ。神仏を畏れるどころか、目をおのれに向けるどころか、ひたすらただ人の隙を窺い、隙あらばだましてでもかすめとろうと虎視眈々と狙っている、あざとい心根の者ばかりであります。私はさきごろこの孫娘に先祖の話を書きとらせたとき、今の世に刀を商う者の十に九はスッパのような者であると申しましたが、これはまことのことでありましてな。いやな世の中になりました」

「それはいつの世でも同じではありますまいか」と紹益殿は申された、「いつの世でも十に九はさような心根の者が世にはびこっておりましょう。しかし私はまだ人間に望みを持っておりますよ。さような成功者たちは、威張り、贅沢の限りをつくし、人に羨まれ、あるいは恐れられているかもしれませぬが、決して心から尊敬されてはおりませぬ。人は心に律を持たぬ者を尊敬しないものであります。さような成功者たちは、いかに聡く、発明に富み、働き者で、世の動きを見るに敏であっても、人はそれだけでは決して心服もせねば人間として崇めることもありませぬ。御案じなさいますな、本阿弥の家の者が今の心掛けを失わぬかぎり、たとい零落いたそうともこの家の前途は安泰でありましょう。大事なのは人間として尊敬される人であるということだけです」

祖父空中斎光甫にとって、紹益殿の申されたことは日頃自分が考えるところと同じであっても、それをあらためてこのようにたしかめられたことは、やはり心強いもののようであった。ほっとしたようにうなずかれて、紹益殿を見やって言われた。

「このところ心痛が重なっていたゆえ、とかく考えが暗く傾きがちでありました。お恥ずかしい次第です。いつの世にも心ある人はいるものと明るい望みを持つとしましょう」

「それがようござる」と紹益殿は力づけられた、「私なども歳老いて考えはとかく暗く沈みがちでありますが、そういうときは大虚庵様のことを思い浮べ、あのような方がいた以上人間にのぞみはあると思うことにいたしております。大虚庵様のことを考えるとそれだけで心が明るくなって参ります。あの方こそは強くおのれの律を持たれ、おのれを信じ、それが書の道でも焼物の道でもあの方のあの独自の世界をつくる力となった、と私は思っております。もちろん持って生れた天賦あればこそのことでありますが、その天賦があのようにのびやかに花を開いたのも、美なら美について、おのれの心ひとつを深く信じていられたからでありましょう。あの方の胸の内には世の評判とか思惑とか、成功とか不成功とか、さようなものは一切おありなさらなんだ。みずからがよしとするところをだけ信じて大胆に前人未踏の域に踏みこまれた。真似できることではありませぬが、あのお心持だけは学びたいものであります」

祖父はそういう言葉を聞くのがいかにもたのしそうでありました。家の内には空中斎光甫とそのような話のできる者がいなかったのです。わが父光伝は実直な家業一本槍の人であって、茶の道はたしなむとはいえ、空中斎のように焼物をやいたり仏像を彫ったりすることはしない人であったから、芸道のそのような奥儀についての話ができるのは紹益殿ぐらいしかいなかったのでした。

祖父の草庵の外に、光悦の代によそより移し植えられたという枝垂桜が、いまは相当の老木となって、垂らした枝の先に小さな花を無数につけて咲いていた。その少し淋しいような花を祖父はとくにめで、年々の開花をたのしみにしていたのであったが、それを見るのもこの春かぎりである。風もないのに花びらが二ひら三ひらと散り、滝から流れる水に浮んで流れてゆくのに祖父は目をとめていて、それから静かに仰せられた。

「紹益殿、花を見るもこの春かぎりと思うと、あわれさもいっそ増してくるようでございます。思えばわれらが一生はこの鷹ヶ峰とともにあったようなもの、光悦に率いられてここに移って来たのが十五のとし、あれからいくたび春を送り迎えして来たことやら。老いてからは年ごとにこの花に逢うも今年かぎりかの思いで見てまいりましたが、こちらが暇乞いをする前に向うから去れという日が来ようとは、まったく思ってもみませんでしたな」

そう言って空中斎が低く笑われると、紹益殿もうなずかれ、

「まことに。思いは私も同じでございますよ。あのとき私はまだ九つか十の小伜で、このところのさまの面白さによく訪ねて来ては大虚庵様の手に縋ってあちこち歩き回り、おとなたちに叱られたものでございました。右も左も知らぬ身に手を取って茶の道を教えてくだされたあの方のお姿がいまもそこに見えるような気がいたします」

しみじみとそう申されるのを、祖父は目に笑みを浮べて見つめてこう言ったのでありました。

「紹益殿はわけても祖父の御秘蔵っ子でありましたからな。あれは聡い子であると仰

せられて、一族のどの子にもまして可愛がられた。われらはすでにきびしく家業を仕込まれていたころなれば、そのように祖父に甘えることも許されず、羨ましい目で眺めていたものでございました。紹益殿がおいでなされたればこそ、われらは負けじと書を習い茶の道にはげんだようなものでありますよ」

「それはこちらも同じこと。空中斎殿という方がおわせばこそ、私も負けじとはげんだのでありました。思えばまことにただ懐しいかぎり、親に勘当されたおりも大虚庵様にはどれだけお心をわずらわせたことか、あの方なくして私という者はありませぬ」

「ここにてもさぞや吉野は花ざかり。あの方を思うと、美しい花が咲いていさぎよく散った気がいたしてなりませぬわ」

「月やあらぬ春やむかしの春ならぬ我身ひとつはもとの身にして　」

「在原業平の歌でしたか。まこと、我身ひとつはもとの身にして。つくづくとこの歌の心が身にしみます。みなみな去ってしまい、残るは老いたこの身一つとなってしまおうとは」

気が合うというのか、祖父と紹益殿とはそのように果てもなく昔語りをかわされ、鷹ヶ峰最後の日々を味わっていられたのであった。お二人の語り合いはさながら能の舞台でも見るようで、私はうかがっていてそこに亡くなられた光悦や吉野太夫や、若き日の光甫や紹益殿が立ち顕《あらわ》れるような気がしたことであった。

それが延宝七年春のことで、祖父空中斎光甫はそれから三年後の天和二年に亡くなられた。灰屋紹益殿はその年に『にぎはひ草』を刊行され、祖父におくれること九年目に亡くなられた。本阿弥のわれらが家が江戸に移住したのは、さらにその六年後であった。

解説　本阿弥家の〝反乱〟

川村　湊

1

最初に本書に登場する本阿弥家の系図を簡単に示しておこう。本阿弥家七代にわたる家系図を頭に入れておかないと、誰が、誰と、どんな関係であったかと、混乱を起こす恐れがないとはいえないからだ。本書全体の語り手は、自らを「ばば」と自称する「私」で、語るのは主に祖父の空中斎・光甫であり、「私」はその祖父の語る先祖の話を筆記する書記役として登場する。ただし、一字一句をゆるがせにせず、そのまま書き記すのではなく（一言一句そのままに記録せよといわれるのだが）、「孫娘」としての感想や注釈的な部分も多い。「ばば」が、子孫を目の前にして、祖先のことを話して聞かせているという〝語り〟の場が設定されていると思われるのだ。

【本書関連の本阿弥家系図】

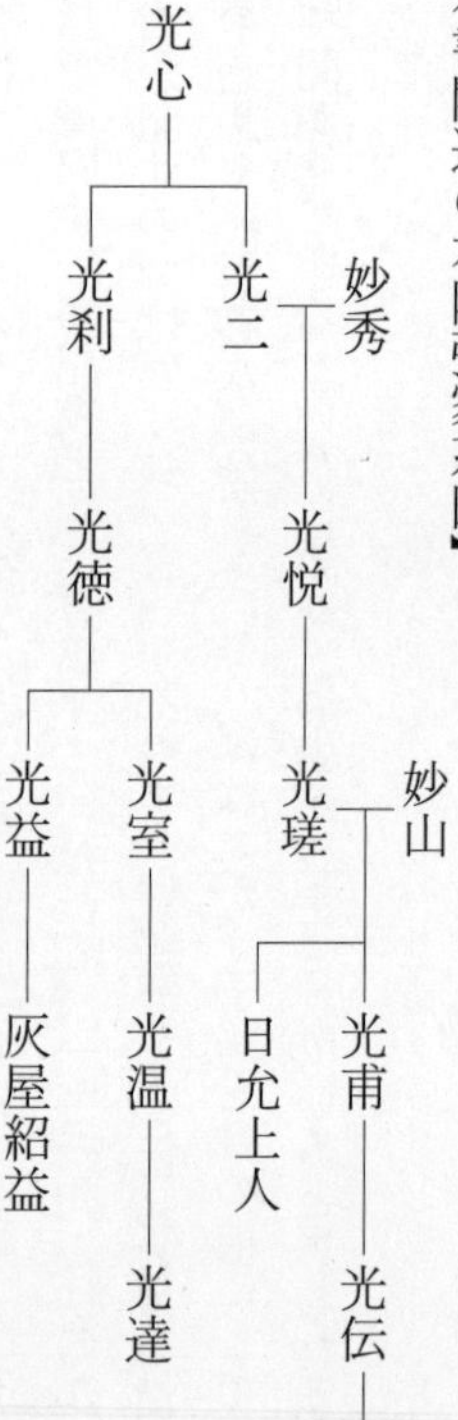

光甫が先祖、とりわけ自分の祖父である持徳斎・光悦のことを中心に語り、孫娘に書き留めさせたのは、光悦が権現様から拝領した洛北の鷹ヶ峰の土地を失おうとしているからだ。一族の住居があり、家作があり、土地がある鷹ヶ峰の拝領地を自分の代で（すでに隠居して、息子の光伝に家督を譲っているのだが）失うことになるというのは耐えられない仕儀にほかならない。勝手に本阿弥一族の拝領した土地に入り込み、牢人者を抱え、新庄屋と自称する新参者の庄兵衛が、土地の権利を主張して訴訟沙汰となった。それまでは年貢も納めず、地子銭を取られないところとして六十年あまりも暮らしていた土地を、本阿弥一族としては返上しなければならない局面に至ってしま

ったのである。

茶の湯を好み、書画をよくし、刀剣を研ぎ、その目利きとして高名だった光悦の名跡を継いで、光悦―光瑳―光甫と繋がってきた本阿弥家の文化人的伝統（文弱であるということだ）が逆に仇となり、無法な仕儀に抵抗できないほど、柔弱となってしまったことは否めないのだ。光甫ができることといえば、当時、日蓮宗の大本山である正中山法華経寺の住職という重責にあった実弟の日允上人に、江戸表でのとりなしを頼むことだけであって、それも寺社奉行を通じて日允上人が頼み込んでも、無駄となってしまう。奉行所では、昔からの言い伝えも、折り紙も一向に重んじられず、結局新たに検地が実施され、本阿弥一族は、鷹ヶ峰から退出せざるをえなくなってしまうのである。

これは一言でいってしまえば、時代や時勢に後れをとった本阿弥一族の失敗（滅亡への第一歩）にほかならなかった。いつまでも「権現様」、すなわち徳川家康（東照大権現）の威光に縋ろうとしていた守旧派の者たちが、新しい時代の体制、新しい時流に乗り切れずに、ただ切歯扼腕しているだけの図としか見えなくもない。

そうした光甫―光伝の父子の不甲斐なさにつけても思い出されるのは、光悦の母親であり、父親・光二の妻だった妙秀のことだ。夫の光二は、その刀の目利きと研ぎの業を買われて織田信長の懇意を賜っていたのだが、周囲の者の中傷や讒謗に遭い、信長公の勘気を受けることとなった。この時、妻の妙秀は蟄居している夫にも図らずに、鹿狩りに出た信長公の馬に取り縋り、夫への「咎《とが》の無い御勘気」を晴らすよう直訴に及んだのだ。いったんは「にっくき女め」と腹を立てた信長も、妙秀の命をかけての直訴に考えを改め、光二に対する「咎」を赦免することとなったのである。

残虐な性格で知られる信長に直訴するなど、普通では考えることもできない仕儀だった。妙秀は、女ながらもそうした胆力の坐った人物であり、また窮鳥が懐に入るようなことがあると、何があってもそれを守りきるような慈悲心を持った人間でもあったのである（妙秀が若い頃、人を殺した当事者が家に逃げ込んできた時に、納戸に隠して追っ手から守り、路銭を与えて逃がしたというエピソードがあった。義侠心に篤かったのである）。

こうした妙秀のような胆力と慈悲の心が、信長―秀吉―家康と、武家の支配が続く武闘、戦乱の世の中には必要なことであって、茶の湯の宗匠や、書道の大家としても、それだけでうかうかと生きて行けると思うのは甘い考えだった。実際、茶道の大成者として高名であり、今にまで名を残す千利休は、関白太政大臣の秀吉の勘気を蒙り、自裁の道を選ばざるをえなかった。死ぬか生きるかの、抜き差しならない戦国社会の風俗は、文人、文化人にとっても、殺伐なものとして感じ取られていたのであり、中傷や讒謗、裏切りや反逆、約束や契約を反故にしたり、蹂躙したりすることは日常茶飯事といえることだった。そこでは、武力こそがすべてであって、こうした〝武者《むさ》の世〟がようやく「権現様」によって終わらせられたことを、本阿弥一族は、もっと早く気がつくべきだった。

それまでの戦国武士の遺風を継いだのが本阿弥光悦であって、単なる刀剣の鑑定家、書画の名筆、陶磁器の名工といった文化芸術の分野で秀でていただけでなく、武士の魂である刀の目利き、研ぎ師として、徳川家康などの心をグッと鷲掴みにするだけの人柄の強さや、人間的な魅力に欠けるところのない〝武士的〟な人間だったのである。

光悦——光瑳——光甫——光伝と時代を下るにつれ、そうした〝武士的〟な心は希薄になっていく。光甫ならともかく、光伝（「ばば」の父である）ともなれば、三代前の自分の係累がどんな人物であったかには、ほとんど興味を示さない。そして、本当に「一所懸命」に一族の土地を守り抜こうという気構えが薄いのだ。気概がないといってもよい。それは関ヶ原の戦いから〝遠く離れて〟、三百年の徳川期の平和の時代の到来にあって、当然の気風の変化といってよいものだ。

2

ここまで読めば、この小説は、時勢や時流の勢いや流れに乗り損ねた、本阿弥の一族が離散し、没落してゆく過程を描いたものとして捉えられるが（鷗外の『阿部一族』のように、『本阿弥一族』と題してもよかったかもしれない）、作者の中野孝次が、古典作品『本阿弥行状記』を翻案して書こうとしたのは、本当はそうではない。この作品は、作家・中野孝次のベストセラー本として知られる『清貧の思想』（一九九二年）に一歩先立つ作品であり、そこで繰りひろげられる〝清貧の思想〟を、いわば先取りして示したものといえるのだ。

たとえば、本阿弥光悦は、茶人として「みずから茶をたて生涯のなぐさみとす」という人物であったが、茶道具にはさほどこだわらなかった。光悦の父・光二を曽祖伯父にもつ灰屋紹益は、『にぎはひ草』の中で、「（光悦は）人の欲しがるような茶道具なども、一時は持っていられたことがあったが、やれ落とすな、やれ失くすな、などと心配するのが面倒だといわれ、みな人にやってしまったので、あとで人が欲しく思うような物は一つも残っていなかった」という。「けれども、新しく作られたものでも、なりふりすぐれてみごとなものは見つけて珍重されたもので、これも利休在世に近い代のことであったからだろうか。そのなりを好んで作り焼かせた茶碗などで今の世に残っているものも、かなりあるということだ」といっている。

つまり、茶道の名人たちが、茶碗どころか、茶筅や茶托や茶布巾にまで神経を使ったのに対し、光悦はそうしたフェティシズムからは距離を取っていたということだ。

それは、茶の湯の大成者である千利休の茶道具へのこだわりと似ているようで異なっている。利休は「千金の値の道具でもつねづねの用に使い、茶道は炉風呂という様式に改めて、行儀・作法・書道具もみなそれに従うように定めた」。そしてかねてから「この道に執心するならば行住坐臥すべて茶の湯である。ふだんは粗末な道具を使っていて、炉風呂のときのみ珍器を扱うのは、寺院が年に一度秘仏を開帳するようなものだ」といって、日頃から千金の道具を使っていたといわれる。

これは一見、「千金の道具」にこだわっていないようだが、実はそうした道具に深くこだわっていることを逆に示している。あるいは、そうしたモノに、心の自由を奪われている。実際、利休門下となった者の中には、家伝来のよんどころない道具を売り払ってまでして、珍器を求め、それをふだんから使うようにした者が数多くいて、武士ならば武備を疎かにし、家業に差し障りを生じさせる者も少なくなかったのである。千利休には、「千金の道具」を無造作に日常不断のものとして使うという逆説的な「贅沢」への志向があり、それは自分の価値を「千金の道具」と釣り合うものとする「心の奢り」があった。下層からの出自を持つ秀吉が、それを嫌悪したのは当然だった。

　金に困った貴顕の家が、いくらでもよいからと、光悦に道具の売買の仲介を頼む。光悦の眼からは千金に値する〝名物〟だ。彼は〝安く〟買い取れたものを、その真価を認め〝高く〟売ることを肯じない。書画や茶道具や刀剣の目利きとしての立場を、利得のための方便にしようとはしないのだ。光悦の〝清貧の思想〟とは、そうしたものだ。

　しかし、これは〝士農工商〟という身分制度が確立した江戸期において、そうした身分制度の枠を補強することでしかないのかもしれない。現実社会において〝士農工商〟の順列はすでに転倒していた。もっとも卑しめられていた「商（人）」が時代の覇者となり、「士」の次に尊ばれたはずの「農」（とりわけ、大多数の「小作農」）は、社会の底辺の「土（呑）百姓」として、〝生かさぬよう、殺さぬよう〟な待遇の下に置かれていた。いわば、社会的価値の生産者である「農」が虐げられ、「商」が栄華を誇る時代がやってきたのだ。

「工」としての本阿弥家の真骨頂は、「刀剣」や「書画」、「陶磁器」などの「茶道具」においてその「価値」を〝発見〟することにある。朝鮮の田舎の民家の軒先に転がっていたセトモノが、値千金の「大名物」の井戸茶碗と変わる。窯で焼き損ねて窯変した、歪んだ壺が、趣味人の間で珍重される。そして、そうした「価値」を見出し、折り紙を付けるのが、本阿弥光悦のような「目利き」たちにほかならない。そしてそれを流通させることは「商《あき》（人《んど》）」に属する。

光悦をはじめ本阿弥の一族は、過ぎ去った「士（武士《むさ》）」の世の倫理や道徳、そして「商」の世の価値観に挑戦する。しかし、それは「士」と「農」とが転倒した時代における、反時代的で孤独な〝たったひとりの反乱〟にほかならなかったのである。

（かわむら・みなと　文芸評論家）

本阿弥行状記

初　出　『文藝』一九九一年冬号

単行本　河出書房新社　一九九二年三月刊

・本書は『中野孝次作品』第四巻（作品社、二〇〇一年七月刊）を底本とし、文庫化したものである。文庫化にあたり、明らかな誤植と考えられる箇所は訂正し、難読と思われる語には新たにルビを付した。

・本文中、今日の人権意識に照らして不適切な語句や表現が見られるが、著者が故人であること、刊行当時の時代背景と作品の文化的価値を考慮して、底本のままとした。

中公文庫

本《ほん》阿《あ》弥《み》行《ぎょう》状《じょう》記《き》

2023年12月25日　初版発行

著　者　中《なか》野《の》 孝《こう》次《じ》

発行者　安部 順一

発行所　中央公論新社
〒100-8152　東京都千代田区大手町1-7-1
電話　販売 03-5299-1730　編集 03-5299-1890
URL https://www.chuko.co.jp/

DTP　ハンズ・ミケ
印　刷　三晃印刷
製　本　小泉製本

Published by CHUOKORON-SHINSHA, INC.
Printed in Japan　ISBN978-4-12-207457-6 C1193

中公文庫既刊より

各書目の下段の数字はISBNコードです。978－4－12が省略してあります。

の-1-3 **秀吉と利休** 野上彌生子

愛憎半ばする交わりの果てに迎えた宿命的破局――そこにいたる峻烈な人間関係を綿密重厚な筆で追求した絢爛たる巨篇。女流文学賞受賞作。〈解説〉山崎正和

207169-8

い-37-7 **利休の死** 戦国時代小説集 井上靖

桶狭間の戦い（一五六〇）から本能寺の変（八二）、利休の死（九一）まで戦国乱世の三十年を十一篇の短篇で描く、文庫オリジナル小説集。〈解説〉末國善己

207012-7

つ-3-8 **嵯峨野明月記** 辻邦生

変転きわまりない戦国の世の対極として、永遠の美を求め〈嵯峨本〉作成にかけた光悦・宗達・素庵の献身と情熱と執念。壮大な歴史長篇。〈解説〉菅野昭正

201737-5

く-18-1 **小堀遠州茶友録** 熊倉功夫

華やかな寛永文化を背景に将軍、大名、公家、僧侶、町衆など各界50人との茶の湯を通した交流を描く。稀代のマルチアーティストの実像に迫る好著。

204953-6

く-18-2 **後水尾天皇** 熊倉功夫

朝幕対立期に徳川和子を妃に迎え宮中儀式復活を果たし修学院離宮造営、千宗旦、池坊専好、本阿弥光悦を輩出する寛永文化を華開かせた帝の波瀾の生涯。

205404-2

く-18-3 **茶の湯** わび茶の心とかたち 熊倉功夫

にじり口はなぜ狭いのか？ 廻しのみはいつ始まったのか？ 芸態から茶会の構造・空間・趣向まで下剋上を背景に発展した茶の湯を民俗・芸能の視点で捉える。

207017-2

く-18-4 **近代数寄者の茶の湯** 熊倉功夫

明治期に衰退した茶道が、富豪たちの偉業により復活を遂げる。高橋箒庵（義雄）、益田孝、原三渓、根津嘉一郎などの耽美を追いながらも破天荒な足跡を辿る。

207353-1